영감의 글쓰기

프로처럼 배우고 예술가처럼 무너뜨려라

김다은 지음

창조적 작가들은 독자에게 해답을 찾아보라고 주문할 뿐
공식을 정해 주지는 않는다.

– 움베르트 에코의 『젊은 소설가의 고백』 중에서

목차 | CONTENTS

글쓰기 창작을 위한 영감 훈련

작가로서 독자들과 대화를 할 때면 거의 빠짐없이 받는 질문이 있다.

"글을 쓸 때 어떻게 영감을 얻으세요? 창의적인 글을 쓰기 위해 영감을 어떻게 얻어야 하나요?"

이 질문을 자주 한다는 것은 창의적인 글을 쓰기 위해 영감이 얼마나 중요한지 알고 있다는 뜻이다. 하지만 어떻게 영감을 얻는지 충분한 대답을 들은 적이 없다는 뜻이기도 하다.

주변에 글쓰기에 대한 이론 서적들을 살펴봐도 마찬가지다. 글쓰기에 대한 기본적인 개념과 기법을 명쾌하게 설명한 책들은 많지만, 영감에 대한 가이드는 찾아보기 힘들다. 그도 그럴 것이, 바람처럼 스쳐 가면서 우리를 흔들어 놓는 눈에 보이지 않는 실체를 글자로 붙잡는 일이 쉬울 리가 없다. 책을 쓴다면 이 부분을 꼭 해결하고 싶다는 생각이 들곤 했다. 그래서인지 문예창작과 교수로 20년 동안 글쓰기를 가르치면서도 창작이론이나 기법에 관한 책은 일부러 한 권도 쓰지 않았다. 영감은 이론화할수록 본체가 사라지는 영물 같았고, '그때 그곳에서' 솟구치는 영감을 학생들과 함께 누리고 키워가는 방식을 택했다.

그래서 이 책은 오랜 세월 품어온 영혼의 기획이자 도전이었다. 영감은 고정적인 생각을 깨고 우리에게 새로운 시야를 열어 주는 무언가인데, 그래서 『영감의 글쓰기』는 영감에 대한 고정관념부터 깰 필요가 있었다. 영감에 관한 책을 쓸 수 없으리라는 고정관념과 영감이 한 줄기 바람처럼 찾아들어 나를 휘감으면 특별한 작품을 쓰게 되리라는 환상을 깨는 것이었다. 20년 동안 학생들을 가르치고 스스로 창작을 하면서 얻은 대답은, 외부의 자극은 스스로 올지라도 영감은 스스로 오지 않는다는 것이다. 저절로 올 영감을 기다리는 것은 로또 당첨을 기다리는 것보다 만나기 힘든 행운이었다. 매일 열심히 일하는 자의 삶이 아름답듯이 영감도 매일 일해야 한다. 그래서 영감도 훈련이 필요하다. 어릴 때 숟가락질도, 오줌을 가리는 것도, 훈련을 통해 가능했음을 기억하자. 영감이 훈련 없이 어떻게 저절로 내 것이 될 수 있겠는가. 이런 관점에서 『영감의 글쓰기』는 기존의 글쓰기 이론서와 궤를 달리한다.

첫째, 먼저 사유하는 법을 배운다. 사유한다는 것은 나를 알아가는 훈련 과정이다. 창의적인 글을 쓰기 위해서는 자기 확신이 필요한데, 그 단계를 거치지 않으면 너무나 허약한 자신 때문에 글을 쓸 때마다 흔들리고 괴롭게 버텨야 한다.

둘째, 글쓰기 창작을 위해서는 언어를 영감의 원천으로 삼을 수 있어야 한다. 외국어를 배울 때는 문법 하나도 놓치지 않으려고 애쓰면서도, 한국어의 특성이나 각 단어의 아름다움에 관심이 없는 경우가 많다. 단어 하나가 얼마나 큰 세계를 포함할 수 있는지, 한 문장이 어떻게 사람의 감정을 흔들고 변화시킬 수 있는지, 그들 조합의 순서나 방법에 따라 같은 단어가 얼마나 다른 의미를 생성할 수 있는지도 알아야 한다. 그러기 위해서 즐거운 언어 축제를 벌이게 될 것이다.

셋째, 글쓰기의 기본 개념들을 이론처럼 접근하지는 않을 것이다. 기본 개념들을 다루더라도 전혀 다르게 접근하기에 지루하지 않을 것이다. 이론서를 읽으면 도리어 제약을 받아 영감이 쭈그러드는 경우를 적지 않게 보아왔다. 그래서 성급하게 정의(定意)하지 않으며, 사람들이 정의(正意)라고 말하는 것도 의심할 수 있도록 뇌를 훈련하게 될 것이다.

넷째, 『영감의 글쓰기』에 소개된 책들은 단순한 인용 차원이 아니라 영감의 길잡이들이다. 수십 년 잘 단련된 작가들의 작품들만 예로 들면서 그렇게 쓰라고 하면, 기가 죽어 도리어 잘 쓰지 못하게 된다. 그래서 이 책에는 신춘문예 등단작도 적지 않게 들어 있다. 영감의 측면에서 보면 이들 작품도 유명 작가나 노벨문학상 수상자의 작품과 견주어 뒤떨어지지 않는다. 작가가 되던 순간 파릇파릇 솟아나던 영감의 새싹을 보는 것이 독자에게는 도리어 글을 쓸 용기를 줄 것이다.

마지막으로, 흔히 창작은 10%의 영감과 90%의 노력으로 이루어진다고 말한다. 하지만 영감의 기계가 몸 안에 장착되면 영감과 노력은 구분할 수조차 없는 상태가 되어 글을 쓰고 단어 하나를 선택하는 매 순간마다 새로운 감각의 작동을 느끼게 될 것이다. 그것은 마치 『영감의 글쓰기』을 따라가는 과정과도 유사한데 눈으로 쭉 한번 읽는 일로 끝나는 책이 아니다. 일단, 읽는 자가 적극적으로 참여해야만 읽히는 책이다. 사유의 표지판이 보이면 멈추어 생각하고, 세로 읽기에 의해 페이지를 뛰어넘으며 읽어야 할 것이고, 책-노트처럼 적어야 할 때도 있을 것이다. 감각과 사유의 훈련 과정이 끝나면, 은처럼 빛나는 언어의 광맥을 따라가게 될 것이다. 그러한 여정 가운데 영감이 내 안에서 싹이 트고 점점 자라나게 될 것이다. 그러므로 영감에 대한 일방통행적인 기술이나 정해진 해답을 원하는 독자라면, 부탁드리건대 이 책을 사지 않기를 바란다.

연구실의 녹색 테이블 앞에서, 설레며

김다은

책의 이정표

이 책은 페이지를 따라 읽는 것만으로 충분하지 않다. 가로 읽기가 아니라 세로 읽기가 필요할 때도 있고, 되돌아가야 하는 지점도 있다. 다음과 같은 안내 표지가 보이면 이런 뜻이다.

사유

독자 스스로 생각해서 대답을 찾아가려고 노력하는 짬의 시간이다. 짧은 시간도 좋고 며칠이 걸려도 좋다. 잠시라도 좋으니 자기 생각없이 뛰어넘지 않도록 한다. 사유 기호가 있는 곳에는 여백을 남겨 놓았다. 아이디어나 생각을 정리해서 채워 나가면 영감 훈련에 큰 효과를 볼 것이다. 그러니까 이 책은 '책-공책'으로 활용하면 좋겠다.

`111p`

다른 페이지와 함께 보면 좋을 때 나타나는 표시이다. 해당 페이지와 연결해서 보면 끊겼던 생각이 더 잘 연결될 것이다.

사유 `111p`

두 기호가 같이 있으면 먼저 사유하는 시간을 가지고, 이어서 표시된 페이지를 확인하라는 의미이다.

⧸⇢

반대 생각을 펼쳐보라는 뜻이다. 지은이의 좁은 시야와 부족한 생각을 확장하여 더 나아가라는 뜻이다. 물론 이 표시가 없다 해도 지은이의 생각에 반하거나 다르다면, 그 귀한 생각을 포기하지 말고 지속해 보길 바란다.

영감 가이드 111p

책의 마지막에 부록으로 달아놓은 '영감 가이드'를 참조하라는 의미다. 미리 보지 않는 편이 좋고, 아예 보지 않으면 더 좋다. 단지 두 사람 이상이 이 책으로 영감 훈련을 한다면, 인도자 측에서 참조하라고 마련했다.

작가의 책 가이드

각 장의 끝부분에 〈작가의 책 가이드〉가 있다. 지은이의 영감 훈련에 많은 도움을 준 책들이다. 요즘 많이 향유되는 것들에서부터 세월이 흘러 독자들의 관심에서 벗어난 것들까지 다양하다. 지은이의 영감 책 리스트 아래로, 여러분이 영감받은 책들을 적어 넣어 활용하길 바란다.

1장

글쓰기를 위한
영감 훈련이 가능할까

나는 시인이 시를 쓸 수 있는 것은 현명함 때문이 아니라

그 의미를 전혀 알지 못하면서도 고귀한 메시지를 전달하는

예언자들에게서나 볼 수 있는 직관 혹은

영감 덕분이라는 것을 깨달았다.

– 소크라테스

영감을 스스로 감지하는 방법은 없을까

은밀하게 심장이 두근거린다.

무엇이 나를 건드리고 있는 모양이다. 두려움이나 공포, 혹은 분노 때문일수도 있다. 이런 감정들은 그게 무엇이건 창작을 위해서는 우호적이다. 특히설레는 감정 때문이라면 영감 훈련을 위해서는 더없는 반가운 손님이다.

설레는 감정이 왜 중요할까?

흔히 아름다운 풍경이나 마음에 드는 이성이나 신선한 생각이나 심지어선한 행동에도 설렌다. 하지만 모든 사람이 같은 것에 설레는 것은 아니다.그러므로 설렘은 자신이 무엇에 본능적으로 반응하는지 알게 해 준다.

설레는 것이 많을수록 감수성이 높은 편이다. 그렇다고 감수성이 높은사람이 창작의 영감이 충만하다고 단정할 수는 없다. 영감은 감성을 반석으로 한 지적 구조물이기 때문이다. 영감을 스스로 감지하는 방법은 설레는엔진이 자신에게 장착되어 있는지 확인하는 것이다. 설렘은 대상에게 남다른 관심과 사랑을 가졌기에 강한 힘을 가졌다.

설렘은 어떻게 오는가

　　오래전 애널리스트 친구로부터 화병 하나를 선물 받았다. 그녀가 내 집을 방문하기로 한 날, 기쁘게 해주려고 베란다 화분의 꽃을 꺾어 화병에 꽂아 식탁을 장식했다. 이를 본 친구가 박장대소했다.

- 왜 그랬을지 상상해 보자. 사유 20p

애널리스트 친구는 글 쓰는 작가에게 어울릴 성 싶어 집에서 간직해 오던 등잔을 나에게 선물로 주었다. 그런데 등잔이 뜻밖에 화병이 되어 있었던 것이다.

이번에는 내 쪽에서 박장대소했고, 우리는 함께 화병에 초를 밝혔다. 등잔은 뚜렷한 두 눈과 입을 활짝 벌려 웃는 모습으로 우리에게 기쁨을 표시했다. 그 우정의 불빛 곁에서, 우리는 진한 갈색 커피를 마시며 매우 유쾌하고 즐거운 대화를 오랜 시간 나누었다.

이 등잔을 볼 때마다 설레는 이유는 내가 보지 못하는 뒤편을 항상 일깨워 주기 때문이다.

1. 희미한 빛이 새어 들어오는 문 뒤쪽을 상상해 보자. 사유

2. 실내에는 초록색 식탁 외에 어떤 물건들이 있을지 공간을 채워 보자.

글로 적어도 좋고, 그림을 그려도 좋다.

사물의 용도와 의미는 고정되어 있을까

　외국 여행 중에 벼룩시장에서 우연히 손에 넣은 것이다. 본래 다섯 개의 돌이었는데 이미 하나가 분실된 상태였다. 물건을 처음 발견했을 때는 아가의 '응가'처럼 생겼다고 느꼈다. 많이 걸어야 하는 여행이라 배낭의 무게 때문에 물건을 전혀 사지 않았는데, 작은 돌들이었지만 흔쾌히 사서 넣었다. 매우 흥미로운 반전이 있었기 때문이다.

1. 물건의 정체가 무엇일지 상상해서 적어 보자. **사유** 24p

2. 물건이 어떤 용도로 사용될 수 있을지 다양하게 적어 보자.

　이 물건은 우리가 흔히 보는 돌탑이 아니었다. 이 물건의 둥근 쇠 받침에는 'King Abdulaziz'와 'Center for world culture'라고 박혀 있으니 예술 작품이었다. 제목만 보면 왕을 형상화 한 작품이다.

　볼 때마다 설레는 이유는 '응가'에서 '왕'으로 뒤집히면서 고정관념을 과감하게 깨 준 작품이기 때문이다. 더구나 자력(磁力)이 든 돌들이어서 모양을 이리저리 바꿀 수 있는데, 때로는 동전이나 쇠붙이들을 덧붙여서 즐겁게 '나의 작품'으로 만들기도 한다.

1. 자꾸 달아나는 동전들을 잘 보관하기 위해서 돌에 붙여 놓았다면, 이는 예술 작품일까 동전 보관기일까? 예술의 경계가 어디까지인지 생각해 보자.

사유

2. 이 작품에 대해 우리는 아는 것보다 모르는 사실이 더 많다. 더 알고 싶은 사람은 호기심을 멈출 필요가 없다. 더 찾아보고, 더 즐기며, 더 영감을 얻기 바란다.

한번 깨진 것은 회복할 수 없을까

졸업한 제자가 취업했다며 15년 전에 선물로 준 다기(茶器)가 있었다.

"교수님이 좋아할 색깔과 디자인을 고심하여 골랐습니다." 하던 목소리가 아직도 생생한데, 그만 실수로 깨뜨려 버렸다. 제자의 마음이 깃든 선물이어서 더없이 아끼던 다기였다.

제자의 마음을 고스란히 간직하고 싶은데, 어떻게 해야 할까?

1. 깨지기 전보다 나은 상태로 다기를 보관할 아이디어를 적어 보자.

2. 물건이 깨졌을 때 다르게 활용해서 기쁨을 누렸던 경우를 적어 보자.

제자의 마음을 어떻게 쓰레기통에 버릴 수 있으랴!

아파트 벽에 같은 색의 물감을 칠하고 걸어놓았더니, 볼 때마다 흡족하고 기뻤다. 가끔 손님들이 집에 놀러 오면 이 작품의 작가가 누구냐고 묻기도 한다.

물론 작가의 이름은 비밀에 붙인다.

사물에 귀천이 있을까

모자를 좋아하다 보니, 세월과 함께 상당한 숫자가 모였다.

베레모, 밀짚모자, 뜨개질 모자, 여행지에서 산 프랑스 펠트 모자, 챙이 넓고 큰 리본이 달린 멕시코 모자, 방울이 달린 중국 모자, 검은 모자, 회색 모자, 노란 모자, 하얀 모자, 챙이 넓은 모자, 챙이 없는 모자…….

어느 나라의 모자이건, 어떤 모양의 모자이건, 어떤 색깔의 모자이건 한 가지 공통점을 가졌다. 항상 인간의 머리 꼭대기에 앉는 물건이라는 점이다.

1. 모자를 쓰고 갔던 장소들과 그곳에 유독 모자를 쓰고 갔던 이유를 적어 보자.

2. 모자를 머리에 쓰지 않고 다르게 활용할 경우를 적어 보자.

　　한 영화감독이 단편영화를 찍으면서 미처 준비하지 못한 소품을 마련하기 위해 나에게 도움을 청했다. 허름한 모자 하나를 내주었는데, 모자는 그날 처음으로 사람의 머리에서 땅바닥으로 내려왔다.

1. 모자를 땅바닥에 놓으니 어떤 느낌이 드는가? 사유

2. 머리에 쓰는 모자보다 구걸용 모자가 더 천한 것일까? 사유

사물의 생명력은 언제 끝날까

　서울역에서 친척을 배웅하고 돌아가는 길에 눈길을 사로잡는 매장이 보여서 무심코 들어갔다. 아이디어 상품들이 구경거리였는데, 위의 물건을 보자마자 단숨에 마음을 빼앗겼다. 여인의 목에서부터 얼굴로 이어지는 선의 아름다움은 물론이거니와 음악을 듣는 여인의 표정이 매혹적이었다. 그런데 머리가 매끈하고 둥근 LP 판 모양이다.

　아! 더욱이 이 물건에 얽힌 아름다운 이야기가 가슴을 울렸다.

1. 이 사물의 용도가 무엇일지 상상의 날개를 마음껏 펼쳐 보자.

2. 어떻게 이런 상품이 만들어졌을지 그 과정을 상상해 보자. **사유** 36p

서울역 상점 판매원의 설명에 따르면, 물건에 얽힌 사연은 이러했다.

"이탈리아의 한 라디오 방송국이 홍수에 잠겼고 LP들이 흠뻑 젖어 못 쓰게 되고 말았어요. 그런데 영감 있는 사람들에 의해 시계로 다시 만들어 졌다고 해요."

여인의 얼굴 중앙에 'Save the Soul'이라는 노래 제목이 선명하게 보인 다. 아래쪽에는 '1994 EAMS/Globe Records'라는 연도와 제작사 그리고 'Made in Italy'라고 박혀 있다. 그런데 얼굴 뒷면을 보면 LP를 시계로 만든 회사명 D'O'C(DISCO'O'CLOCK)가 있어 판매원의 설명을 뒷받침한다.

이탈리아의 LP 시계가 대양을 건너 한국으로 온 것이었다. 여인의 아름 다운 영혼의 노래와 시계의 시침과 분침이 돌아가며 동거하는 모습을 볼 때 면 기쁨이 적지 않다. 특히 설레는 이유는 한번 버려졌다고 영원히 버려지 는 것이 아님을 일깨워 주기 때문이다.

- 이 사연이 진실이라고 한다면, 전 세계로 흩어진 LP 시계들의 서로 다른 운명에 대해 상상해 보자. 사유

나를 설레게 하는 것은 무엇인가

1. 나를 설레게 했던 것들을 생각나는 대로 적어 보자.

2. 이 중에 세 가지만 골라서 그 이유를 적어 보자.

1)

2)

3)

2장

영감은
외부에서 오는 것일까

나는 뭐든지 알고 있다 나에 관한 것을 제외하고는

– 프랑수와 비용

난센스 퀴즈를 맞혀 보자.

과자가 자신을 소개할 때 무엇이라고 했을까?

영감 가이드 278p

나는 누구일까

나는 나를 어떻게 소개해야 할까?

프랑스 작가 베르나르 베르베르의 『상대적이며 절대적인 지식의 백과 사전』에는 '당신은 누구인가?'라는 질문이 들어 있다. 그 대답의 단서로 먼저 인간의 몸이 언급되어 있다.

> 당신은 몸은 71퍼센트의 물과 18퍼센트의 탄소, 4퍼센트의 질소, 2퍼센트의 칼슘, 2퍼센트의 인, 1퍼센트의 칼륨, 0.5퍼센트의 염소로 이루어져 있다. 거기에 큰 숟가락으로 한 술 분량의 여러 가지 희유(稀有)원소, 즉 마그네슘, 아연, 망간, 구리, 요오드, 니켈, 브롬, 불소, 규소를 함유하고 있다. 또 소량의 코발트, 알루미늄, 몰리브덴, 바나듐, 납, 주석, 티탄, 붕소도 지니고 있다.
>
> 이상이 당신의 생명을 구성하는 물질이다.
>
> 이 모든 물질들은 별들이 연소하면서 생겨나는 것으로 당신 몸속이 아닌 다른 곳에서도 얼마든지 찾아볼 수 있는 것들이다. 당신의 물은 흔하디흔한 바닷물과 다를 바 없고, 당신의 인은 성냥개비의 인과 한가지이며, 당신의 염소는 수영장 물을 소독하는 데 쓰이는 염소와 같은 것이다. 그러나 당신은 단순히 그런 물질들을 합쳐 놓은 존재가 아니다.
>
> 『상대적이며 절대적인 지식의 백과사전』 중에서

인간의 몸을 분해하면, 신기하게도 바닷물의 염분이나 성냥개비의 인과 유사한 성분들로 환원되는 모양이다. 이런 물질들로 이루어진 몸만으로는 내가 나의 주체라고 여기기가 쉽지 않다. 나는 세상의 중심처럼 살아가지만, 몸의 성분들만 생각하면 '나'는 세상의 중심은커녕 너무나 흔한 물질의 한 부분임을 깨닫게 된다. 그렇다면,

나는 누구일까?

'나는 생각한다, 고로 존재한다.'

프랑스 철학자 데카르트는 나에 대한 확실성을 주장한 명제로 유명하다. 나의 실존 이유가 생각할 수 있는 존재라는 점이다. 그렇다면 생각하는 뇌의 특성은 무엇일까?

동물의 뇌와 사람의 뇌는 다르다고 알려져 있다. 동물은 음식을 먹고 생육하고 번성하고 공포나 두려움, 기쁨 등 감정을 느끼는 정도의 삶을 사는 반면, 생각의 주체인 인간은 동물이 할 수 없는 추론과 논리의 능력도 가졌다.

그런데 동물에 비해 우수한 뇌를 가지고 생각하는 능력이 있는데도, 나를 설명하기 어려운 이유는 무엇일까? 타인은 나의 존재감을 느끼는데, 내가 나의 존재감을 느끼지 못할 때도 있다. 반대로 타인은 나의 존재감을 느끼지 못하는데, 나는 나의 존재감이 강하게 느껴질 때도 있다. 그러고 보면, 나라는 존재는 참으로 '상대적이고 절대적인' 표현이다.

- 내가 누구인지 질문을 던지는 나는 누구일까? 사유

나는 나일까

1. 위의 질문에 즉각 긍정적인 대답을 할 수 있을까? 그렇다면 그 이유는 무엇인가? 사유

2. '내'가 온전한 '내'가 아니라고 느껴졌던 때를 적어 보자.

나는 나의 몇 %일까

흔히 영감을 얻기 위해 여행을 떠나거나 독서를 하거나, 음악을 듣기도 한다. 다양한 자극을 받을 수는 있어도 글쓰기에 필요한 영감을 곧장 얻기는 어렵다. 자극이 외부에서 온다 해도, 그 자극을 영감으로 바꾸는 작업 과정이 나의 내부에서 일어나야 하기 때문이다. 자극을 영감으로 바꾸는 신비한 기계가 바로 나인 셈이다.

내 안에서 영감을 어떻게 작동시킬 수 있을까?

창작을 위해 설레는 감정이 중요한 이유가 이 때문이다. 설렘이 많은 사람은 자신의 눈으로 세상을 보는 퍼센티지가 높다. 반대로 고정관념에 빠져 있거나 타인의 감각에 의지하는 사람은 설렘을 감지하기 어렵다. 대중 매체나 다른 사람들의 생각을 마치 자기 것처럼 사용하기 때문이다. 이런 경우는 자기 안에 타인이 일부분 혹은 많은 부분 차지하고 살아갈 가능성이 있다.

- 나는 나의 몇 % 정도가 돼다고 생각하는가? 사유

나는 내 눈을 통해 보는가

　자동차로 출근하던 한 남자가 도로 한가운데서 이유 없이 갑자기 눈이 멀고 만다. 그를 병원으로 데려다준 사람도, 병원의 의사나 환자들도, 그 가족들도 전염되어 눈이 먼다. 장님 현상은 급속도로 퍼져나간다. 걷잡을 수 없이 사람들이 눈이 멀자, 정부에서 전염을 막기 위해 그들을 한 도시에 격리한다. 포르투갈 소설가인 주제 사라마구의 장편소설 『눈먼 자들의 도시』에 나오는 이야기이다. 다음은 그 소설의 첫 부분이다.

　　마침내 파란불이 켜졌고, 차들은 활기차게 움직여 나갔다. 그러나 모든 차가 똑같이 빨리 출발하지는 못했다는 것이 금방 분명해졌다. 중간 차선의 선두에 있는 차가 멈추 서 있었다. 기계적인 고장이 발생한 것 같았다. (…) 뒤쪽에 늘어선 차들은 미친 듯이 경적을 울려대고 있다. 뒤쪽의 운전자들 가운데 일부는 벌써 차에서 내려, 멈춰 선 차를 교통의 흐름에 방해되지 않는 장소로 밀고 갈 태세다. 그들은 닫힌 창문을 사납게 두드려댄다. 안에 있던 남자는 소리가 나는 쪽으로 고개를 돌린다. 처음에는 이쪽으로, 이어 저쪽으로. 뭐라고 소리치고 있는 것이 분명하다. 입의 움직임으로 보건대, 어떤 말을 되풀이하고 있는 것 같다. 한 마디가 아니라 세 마디다. 누가 마침내 문을 열었을 때, 그 말은 확인되었다. 눈이 안 보여.

『눈먼 자들의 도시』 중에서

눈먼 자들의 도시는 아비규환의 도시가 되어 간다. 그런데 그 안에는 눈이 멀지 않은 한 여인이 있었다. 사랑하는 남편과 헤어질 수가 없어서 자신도 눈이 멀었다고 거짓말을 하고 함께 눈먼 자들의 도시로 들어간 것이다. 유일하게 볼 수 있는 여인은 아비규환의 도시에서 조금씩 사람들을 돕고 최소한의 인간적인 질서를 찾아갈 수 있도록 애쓴다. 그러던 어느 날 한 사람이 눈을 뜨고, 다시 한 사람이 전염되듯 눈을 뜨면서 사람들은 모두 이전처럼 볼 수 있게 된다.

노벨문학상을 받았던 작가 주제 사라마구의 이 소설 원제는 *Blindness*이다. '맹목'이라는 뜻이다. 작가가 말하려는 주제가 원제에 잘 압축되어 있다. 한 사람이 눈이 멀면 다른 사람들도 차례로 전염되지만, 한 사람이 눈을 뜨면 차례로 다른 사람들도 눈을 뜬다. 주변의 생각에 얼마나 맹목적으로 전염될 수 있는가를 보여 주고자 한 것이다. 다른 사람들의 생각을 맹목적으로 따르면 눈먼 자들의 도시에 갇히고, 그렇게 되면 외부 자극은 내 안에 설렘도 영감도 만들지도 못할 것이다. 당연히 영감의 기계는 작동하지 않는다.

- 이런 전염 현상 때문에 자신의 의사에 반하여 맹목적으로 따랐던 경험을 떠올려 보자. 사유

내가 누구인지 어떻게 알 수 있을까

내가 누구인지, 내가 지금 무엇에 관심 있는지 알기 위해서는 글자 자화상을 그려 보자. 글자 자화상은 글자로 그리는 그림이다.

1. 글자 자화상은 현재 자신에게 의미 있는 세 단어를 선택하여 그리면 된다. 아라비아 숫자도 가능하고, 사자성어, 책 제목, 전시회 명칭 등 굳어진 표현은 한 단어를 갈음할 수 있다.

2. 오른쪽 그림은 세 단어 '2021' '말씀' '아름다운'으로 그린 지은이의 자화상이다. 2021년에는 하나님의 '아름다운' '말씀'을 통해 사랑을 더 많이 알아가고, 이로써 주변 사람들에게 '아름다운' 말을 할 수 있기를 소망하며 그렸다. 2008년도 자화상은 '2008' '김다은' 그리고 소설 제목 '훈민정음의 비밀'로 그려졌다. 글자 자화상은 그해 무엇에 가장 열중했는지를 알게 해준다.

3. 올해 자신의 글자 자화상에 사용할 세 단어를 적어 보자.

각자 글자 자화상을 그리고, 선택한 단어들에 대해 설명하자.

서양화가 김미옥 씨가 그린 글자 자화상이다. 그녀가 선택한 세 개의 단어에 대해 다음과 같은 설명을 내놓았다.

내가 선택한 세 단어는 '김미옥', '21844', '사랑!'이다. 나는 내 이름이 너무 여성스러워 좋아하지 않았던 것 같다. '21844'는 내가 태어나서 오늘까지 내가 살아낸 날들의 숫자이다. 그리고 '사랑'! 나 자신은 물론 이웃에 대한 사랑을 점검해 보고 싶었다.

자화상을 그리기 위해 오랜만에 내 얼굴을 꼼꼼히 살펴보며, 21844일 동안 김미옥이란 이름으로 살아온 나에게 집중했다. 그리고 나에게 미옥이란 이름을 불러주니 그 이름이 좋아졌다. 내 이름을 내가 불러주면서 자신을 찾아가는 느낌이었다. 그리고 사랑, 사랑, 사랑을 되풀이하며 써 내려가니, 그동안 내가 자신을 얼마나 사랑했는지 그리고 이웃을 얼마나 사랑했는지 계속 질문하게 되었다.

몇 년이 더 흘러 세 단어 자화상을 다시 그리게 된다면, 오늘보다 더 많이 사랑하고 사랑해 준 나를 칭찬해 주리라!

세 단어를 선택하여 글자 자화상을 그리자.

세 단어를 선택한 이유를 적어 보자.

자화상과 영감의 글쓰기를 어떻게 연결할까

나에 대하여

나는 아주 추상적이다. 아주 모호하고 흐릿하다. 손가락 끝으로 마구 문질러 놓은 파스텔화 같다. 아니, 그러나 나는 파스텔화처럼 부드럽지는 못하다. 물론 이것은 추측이다. 나는 나에 대해, 특히 남들에게 어떻게 보이는가에 대해서는 잘 알지 못한다. 자기 강화로 딱딱해진 내벽은 생활의 필수 아이템이다. 쉽게 상처받지도 않고, 쉽게 상처 줄 일을 하지도 않는다. 그래서 그 안은 작은 생채기에도 벌겋게 부어올라 결국에는 죽음에 가깝게 치열하게 밀어 올리는 '두려움'이라는 내피가 포진하고 있는지도 모른다. 그렇다. 나는 역시 아주 추상적이다. 나는 오 개월에서 육 개월로 넘어가는 아주 추상적인 시간을 버거킹에서 일을 하며 보냈다. 그 오 개월에서 육 개월로 넘어가는 아주 추상적인 시간 전에는 대학생이라는 아주 모호한 직업을 갖고 있었다. 그러나 나는 그 모호성에 꽤 충실하였고 본분도 다했다고 생각하고 있다. 물론 그 본분과 모호성이 나의 혹은 사람들의 기준에 어느 정도로 애매한 것인가 하는 문제는 전혀 다른 차원이 되겠지만.

「모호함에 대하여」 중에서

2004년 중앙일보 신춘문예 당선작인 김채린의 「모호함에 대하여」에는 주인공이 '나'의 자화상에 대해 먼저 입을 연다. 자신의 직업과 학벌과 집안에 대해서 말하지만, 전혀 다른 방식으로 '나'를 소개하고 있다.

단편소설 「모호함에 대하여」가 영감을 주는 이유는 '나'에 대해 이야기하면서 우리가 가지고 있는 통념을 깬다는 점이다. 예를 들면, 주인공은 시급 2,700원을 받으니 하루에 10,800원을 번다. 이 정확한 수치를 상당히 '애매한' 돈이라고 설명한다. 이유는 소소한 무언가를 사거나 먹거리를 먹을 수는 있어도 특별한 가치를 발휘하지 못하는 종이와 금속이라는 것이다. 그리고 아르바이트만 하는 '나'를 사람들은 모호하게 바라보는데, 이는 '나'의 꿈을 물어보지 않은 데서 연유했다는 것이다.

'나'는 다른 사람에게는 명확한 '학생'이라는 신분을 모호한 직업으로 인식하고, 반면에 자신의 꿈은 '백수'라고 밝힌다. 기존의 통념을 뒤집는 것이다. 아라비아 숫자로 표기할 수 있는 '5개월에서 6개월로 넘어가는' 구체적인 시간도 '아주 추상적인 시간'으로 변한다. 소설 속 '나'가 보여 주는 생각의 특이함은 자신에 의해 철저하게 감각되어 일어난 사유와 영감의 결과이다.

'자기소개서'를 대신 써 주는 직업이 있을까

나의 직업은 속칭 '해결사 사이트'를 운영하는 것이다. 좀 더 쉽게 말하면 남의 글을 대신 써 주는 게 나의 주 업무다. 사실 글이라고 하기엔 좀 거창한, 대학생들이 청탁하는 그저 그런 리포트들이 일거리의 대부분이다. 그래도 나는 직업 정신이 투철해서 아무리 대수롭잖은 잡문 나부랭이라도 최선을 다해 쓴다. 다행히 문장력도 괜찮은 편이고 자료 수집에도 성실하기 때문에 내 글이 고객을 실망시키는 경우는 거의 없다. 이 일을 해 온 이 간간, 단 한 번도 환불 요청을 받아 보지 않았다는 사실이 내 주장의 정당성을 입증해 준다. (…)

그러나 곧이어 그가 요구하는 글의 주제를 보자 할 말을 잃었다. 그가 내게 청하는 글은 다름 아닌 '자기 소개서'였다. 이런저런 책이나 영화의 감상문에서부터 국악의 대중화, 남성성과 여성성, 실패한 혁명의 역사, 심지어는 물고기의 교미 방식에 이르기까지 갖은 주제의 글들을 청탁 받아 봤지만 이런 경우는 처음이었다. 자기소개를 자기가 안 하면 도대체 누가 한단 말인가?

「정원에 길을 묻다」 중에서

2004년도 세계일보 신춘문예 당선작 「정원에 길을 묻다」에서는 '자기 소개서'를 대신 써 주는 주인공 '나'가 등장한다.

주인공인 '나'는 '해결사 사이트'에서 일하는데, 그곳에서 '미스 대전'으로 불린다. '나'가 올린 자기 소개서 때문이다. 자신의 이름을 '공사이'라고 소개했다. 엄마는 아빠가 누군지 본인도 알 수 없었으므로 자신의 성인 '공'을 물려줄 수밖에 없었다고, 그래서 아이가 태어난 날인 '4월 2일'을 줄여서 '사이'라는 이름을 붙여 주었다고 썼다. '공사이'라는 이름이 042라는 대전 지역 전화번호를 상기시키면서, 미스 대전으로 불리기 시작한 것이다.

문제는 '나'가 자신의 해결사 사이트에 넣은 이 이력이 가짜였다. 이력이 가짜인지 진짜인지 궁금해 하는 위험한 인물이 등장하면서 소설은 긴장감이 더해진다. 더구나 이 위험한 인물은 이력이 가짜거나 진짜거나 상관없으니, 자기소개서를 써 달라고 요구한다.

자기소개서를 써 주는 직업이 소설에서나 볼 법한 독특한 발상 같지만, 이런 일은 현실에서도 일어난다. 입시나 구직 과정에서 자기소개서는 필수이다. 그러다 보니 자기소개서 쓰는 법을 알려 주는, 아예 써 주는 일을 하는 사람들도 있다고 들었다. 이 소설이 주는 영감은 자기소개서의 진의를 파악할 수 없다는 점이다. 객관적인 경력은 검증이 가능하기에 속이기가 쉽지 않지만, 주관적인 자기소개에 대해서는 가짜로 채워질수록 유리해진다고 여기기 때문이다.

– 나의 퍼센티지(%)가 줄어들게 하는 행위에 대해 생각해 보자. 사유

나는 나로 돌아갈 수 있을까

2009년 서울신문 신춘문예 소설 당선작인 진보경의 「호모 리터니즈」는 '나'가 '나'로 되돌아갈 수 있을까에 대한 고민을 잘 표현하고 있다. 주인공 '나'는 등산길에서 소변이 마려워 비탈길 아래로 내려갔다가 낙엽에 덮인 죽은 남자를 발견한다.

지갑에서 현금 대신 신분증을 꺼냈다. 아이 손바닥만 한 작은 플라스틱 판 안에 그의 정보가 고스란히 들어있었다. 이름은 정현수. 나와 동성(同性)이고 나보다 한 살이 많다. 뿔테 안경에 회색 스웨터 차림의 증명사진 속 그는 나이보다 조금 더 늙어 보였다. 주소지는 서울의 남쪽 신도시에 위치한 아파트…….

순간 아찔한 현기증을 느꼈다. 이제껏 한 번도 품어보지 못한 생각이, 그야말로 섬광처럼 떠올랐다. 나는 세차게 고개를 흔들어댔다. 아니다. 그것은 전부를 버려야 가능해지는 일이다. 지금까지의 나, 나의 생활, 인간관계, 과거 행적까지 모두.

그럴 수 있겠는가.

모든 일은 순식간에 처리됐다. '그럴 수 있겠는가'에 대한 결단은 내리지 못한 채였다. 나는 내 지갑의 신분증을 꺼내 그의 것과 맞바꿨다. 신용카드 한 장과 그의 명함도 몇 장 챙겼다. 현금은 건드리지 않았다. 주머니에 지갑을 원래대로 꽂아두었다. 오른쪽 앞주머니를 더듬어 휴대전화와 열쇠 꾸러미까지 갈취했다. 내 삶을 최초로 이탈하는 순간이었다.

「호모 리터니즈」 중에서

119에 신고하려 했으나 통화 불능이었다. '나'는 할 수 없이 죽은 남자의 소지품을 들여다보다가 기상천외한 생각에 사로잡힌다. 죽은 자의 지갑에 들어 있던 신분증과 자신의 신분증을 바꿔치기한 '나'는 정현수로 한동안 살아가기로 한 것이다. 그래서 그로 살아가기 위한 탐색을 시작한다. 호기심과 기대로 그의 주거지에 들어가서, 그가 되기 위해 그의 주변을 파헤친다. 하지만 그에 대한 정보를 알아내면 알수록 '나'가 바꾸고 싶은 그의 삶이 '나' 이전의 삶보다 별로 나은 것이 없었다. 도리어 과거의 '나'보다 불편하고 다시 맺거나 해결해야 하는 여러 현실적인 문제들 때문에 당혹스러웠다. 계속 정현수로 살아갈 것인지 본래 자기로 돌아갈 것인지 결정해야 한다.

이 작품이 주는 영감은 '나'는 과연 '나'로 돌아갈 수 있을까 하는 질문을 하게 만든다는 점이다. 타의건 자의건 자기 자신을 잃거나 빼앗긴 상태에서 한순간, 본래대로 돌아가려고 결심하는 순간들이 있다. 이 단편소설의 제목 '호모 리터니즈(homo returnees)'는 사전상의 의미로 귀환하는 사람을 일컫는데, 다름 아닌 자기 자신에게로 귀환하려는 것이다.

결국, '나'는 '나'로 돌아가기를 결심하고 다시 산비탈길 아래로 찾아간다. 하지만 정현수의 지갑에서 '나'의 신분증은 온데간데없고, 다른 사람의 신분증이 대신 들어 있는 것을 발견한다.

1. 소설 「호모 리터니즈」의 주인공 '나'가 '나'로 돌아갈 수 있을지, 돌아가지 못하면 어떻게 될지 그 다음을 상상해 보자. 사유

2. '나에 대하여' 통념적이고 사회적인 시각이 아니라 자신의 감각에 의지하여 적어 보자.

작가의 책 가이드

· 김미월, 「정월에 길을 묻다」 『신춘문예 당선작품집(2004)』, 한국소설가협회, 2004

· 김채린, 「모호함에 대하여」 『신춘문예 당선작품집(2004)』, 한국소설가협회, 2004

· 진보경, 「호모 리터니즈」 『게스트 하우스』, 실천문학사, 2015

· 베르나르 베르베르, 이세욱 역, 『상대적이며 절대적인 지식의 백과사전』, 열린책들, 2009

· 주제 사라마구, 『눈먼 자들의 도시』, 정영목 역, 해냄출판사, 1998

2장의 내용과 관련하여, 개인적으로 영감을 받은 책들을 적어 보자.

네가 읽은 책들이 너를 말해 준다.
- 괴테

3장

창작을 위한 영감 훈련의
준비 작업은 무엇일까

내 언어의 한계는 내 세계의 한계이다.

– 비트겐슈타인

난센스 퀴즈를 맞혀 보자.

옷을 짓는 사람은 옷감의 성질과 색깔의 배합 등을 잘 알아야 하고, 음식을 만드는 사람은 신선한 재료와 양념 배합에 대한 기본 지식이 필수다. 그렇다면 영감의 글쓰기를 위해서는 어떤 준비가 필요할까?

영감 가이드 278p

단어들과 언어 감각을 확보하자

언어학자들의 일반적인 견해에 따르면, 인간의 사유는 언어를 통해 이루어진다. 우리가 이미지를 떠올리건 상상을 하건 사유 체계의 기본에는 언어가 자리하고 있다. #→

영감의 글쓰기를 위한 기본 재료는 언어다. 맛있는 요리를 만들기 위해서는 무엇보다 필요한 재료들을 잘 구비하고 신선하게 보관해야 하듯이, 글쓰기 창작을 위해서도 글쓰기 어휘들을 충분히 확보하고 잘 간직해야 한다. 분리하여 자립적으로 쓸 수 있는 언어의 최소 단위가 단어라면, 단어들을 많이 확보하면 할수록 표현력이 풍부해지는 것은 두말할 나위가 없다.

끝말잇기를 즐기자

어린 시절 부모님이나 친구들과 즐겨 했던 놀이가 있다. 끝말잇기다. 새삼스럽게 무슨 끝말잇기냐 하겠지만, 자신이 습관적으로 사용하는 어휘들과 자신의 어휘 범위가 어느 정도인지 확인할 수 있다.

방법은 이렇다. 어떤 단어로 시작해도 좋다. 적어가면서 한다. 앞서 사용한 단어로 되돌아오지 않도록 계속 이어간다. 사전에서 단어를 찾아야 하는 순간까지 매일 계속 반복한다.

예) 시작 - 작법 - 법률 - 율무 - 무서움 - 움막 - 막사 - 사용 - 용도 - 도장 - 장작('시작'과 동일한 끝음절) - 장소 - 소득 - 득남 - 남자 - 자연 - 연극 - 극장 - 극본 - 본딧말 - 말씀 - 씀바귀 - 귀물 - 물건 - 건사 - 사진 - 진딧물('귀물'과 동일한 끝음절) - 물총 - 총구 - 구멍 - 멍청이 - 이빨 - 빨래 - **사전을 찾아야 할 지점!!**

- 끝말잇기를 몇 단어까지 이어갈 수 있는지 확인해 보자.

단어의 스펙트럼을 만들자

영감의 글쓰기를 위해서는 언어의 스펙트럼을 잘 활용해야 한다. 마치 피아노의 검은 건반과 흰 건반처럼, 한 단어는 두 스펙트럼의 작동으로 아름다운 의미의 멜로디를 만들 수 있다.

첫째, 물리적이고 외부적인 스펙트럼이다.

'물'이라는 단어는 그 주변의 물리적인 단어들로 하나의 스펙트럼을 만들 수 있다. 스스로 진행하기가 어려우면 책을 참조해도 괜찮다. 가령, 마루야마 겐지의 『물의 가족』을 읽다 보면, 물에 대한 다양한 어휘들이 다음과 같이 나타난다. 물, 물망천, 물기척, 물소리, 수면, 물속, 수초, 담수, 바닷물, 염수, 떠밀리다, 헤엄치다, 본류, 물기슭, 여울, 수증기, 강어귀, 물새, 물고기 떼, 플랑크톤, 빗방울, 안개, 만조, 간조, 잔물결, 풍덩, 염분, 양수, 피…….

둘째, 상상적이고 내면적인 스펙트럼이다.

'물'과 전혀 상관없지만 물과 함께 떠오르는 이미지나 사유의 단어들이다. 예를 들면, 버드나무, 탬버린, 경배, 사랑 등이다. 버드나무나 탬버린이 왜 물의 스펙트럼 안에 들어왔는지는 아무도 알 수 없다. 개인의 상상과 이미지의 세계 속에서 작동하는 언어들이니 영혼의 언어라 할 것이다.

1. 다음 단어 중 하나를 선택해서 스펙트럼을 만들어 보자.

(하늘, 집, 꿈, 개미, 코끼리, 성경, 숨, 바람, 사랑, 미움, 구름, 소설, 영감)

1) 물리적이고 외부적인 스펙트럼

2) 상상적이고 내면적인 스펙트럼

2. 가장 좋아하는 단어를 적고, 그 단어의 스펙트럼을 만들어 보자.

선택한 단어:

1) 물리적이고 외부적인 스펙트럼

2) 상상적이고 내면적인 스펙트럼

뜻을 모르는 단어를 상상력과 연결하자

아직 온전하게 언어를 습득하지 못한 아이들이나 특정 분야의 전문가 혹은 친구와의 대화에서 생소한 단어들을 만날 때가 있다. 난감해하거나 당황할 필요가 없다. 상대방에게 무슨 뜻이냐고 설명해 달라고 하면 된다. 사전에 없는 단어를 사용할지라도 아이는 그 단어로 자기 세계를 설명해 준다. 전문가도 전문 분야의 세계를 그 단어를 통해 그려 보여줄 것이다. 외국어 표현도 주춤거리지 말고 친구에게 물어보면, 도리어 호감과 지식을 함께 얻을 수 있다.

그런데 그럴 기회도 없이 이해 못하는 단어를 가지고 돌아왔으면, 그러려니 하거나 무작정 사전을 찾지 말자. 예를 들면, '쯔쯔가무시병'이라는 표현을 들었을 때, 어떤 병인지 먼저 상상해 보자. 전혀 뜻이 맞지 않을지라도 상관없다. 자신만의 상상력과 창의력을 계발하는 미끼 단어라 생각하면 된다.

- 쯔쯔가무시병에 대해 상상력을 발휘해 보자. 사유

나만의 상상력 사전을 만들자

상상력 사전은 이 세상 어디에서도 똑같은 것을 찾을 수 없는 자신만의 상상력을 적은 것이다. 앞서 본 쯔쯔가무시병처럼 뜻을 모르는 단어나 이미 뜻을 알고 있는 단어, 자신의 영감을 건드리는 단어를 선택한 뒤 상상력을 펼치면서 적어 나가면 된다. 가령, '사형수'에 대해 적어 보면 다음과 같다.

사형수 : 사형수라고 하면 흔히 살인범 등 강력 범죄자를 떠올리고, 악의 세계에 사는 사람을 일컫는 단어라고 여긴다. 그런데 사형선고를 받은 형을 보러 가다가 동생이 교통사고로 갑자기 죽었다면 어떨까?

교도소 안 사형수는 죽을 날짜를 선고받았지만, 교도소 바깥의 사람은 한 시간 후에 죽을지 내일 죽을지 알지 못한다. 아니 교도소 안에 있건 없건 인간은 예외 없이 죽을 수밖에 없는, 모두 죽음을 피해갈 수 없는 사형수나 다름없다. 이때부터 사형수라는 단어는 선과 악의 이분법적인 고정관념에서 벗어나게 된다. 모든 인간의 존재 조건을 생각하게 하는 문학적인 언어가 될 수 있다.

먼저, 상상력 사전을 만들기 위해 마음에 쏙 드는 노트 한 권을 마련하자.

노트에 ㄱ-ㄴ-ㄷ 순으로 사전처럼 구분한 후, 단어의 상상력을 적어두면 된다. 앞서 쓴 사형수는 ㅅ에 정리해 둔다. 아래 단어 중에 하나를 선택해서 상상력을 발휘해서 적어 보자.

ㄱ: 그리움

ㅁ: 머리말

ㅅ: 선인장

ㅈ: 정부(政府)

언어와 문학은 어떻게 만날까

단어와 상상력이 만난 뒤 문학으로 이어지는 과정을 살펴보자. 일본 작가 무라카미 하루키의 단편소설로「로마제국의 붕괴 - 1881년의 인디언 봉기 - 히틀러의 폴란드 침입 - 그리고 강풍세계」라는 제목의 작품이 있다. 소설 속 '나'는 일주일 치 일기를 일요일마다 쓰는 습관이 있는데, 매일 간단한 메모를 해두었다가 일요일에 제대로 된 문장으로 정리하는 것이다. 그런데 지난 주 사흘 치 일기를 썼을 때쯤, 갑자기 강한 바람이 불어온다.

> 창밖에는 수목들이 -히말라야삼나무와 밤나무- 마치 가려움을 견디지 못하는 개처럼 몸을 비비 틀고 있고, 구름 한 조각이 눈매가 못된 밀사처럼 서둘러 하늘을 빠져나가고 있었다. 건너편 아파트 베란다에서는 몇 장의 셔츠가 남겨진 고아처럼 빨랫줄에 둘둘 감긴 채 달라붙어 있었다.
>
> 그야말로 폭풍이군, 하고 나는 생각했다.
>
> 그러나 신문을 펼쳐서 기상도를 들여다봐도, 아무 데도 태풍 기호 같은 건 없다. 비가 올 확률은 완전히 제로 퍼센트였다. 기상도를 보는 한 그것은 전성기의 로마제국처럼 평화로운 일요일이었다.
>
> 「로마제국의 붕괴 - 1881년의 인디언 봉기 -
> 히틀러의 폴란드 침입 - 그리고 강풍세계」 중에서

태풍은 우선 주변의 사물들을 뒤흔들고 배배 꼬면서 시각적으로 주인공의 평화로운 일요일을 깨뜨리고 만다. '나'는 태풍이 로마제국의 전성기에나 가능했던 평화를 망가뜨렸다고 생각한다.

태풍은 로마제국의 평화만 무너뜨린 것이 아니었다. 일요일 오후에 여자 친구가 오기로 되어 있었는데, 그녀가 올 때는 항상 미리 전화를 했다. 그런데 황당한 상황이 일어난다.

> 그런데 내가 수화기를 집어 들었을 때, 그곳에서 들려온 것은 지독한 바람 소리뿐이었다.
> '휘이이이이이잉' 하는 바람 소리만이 1881년에 일어난 인디언 봉기처럼 일제히 수화기 속에서 날뛰고 있었다. 그들은 개척 오두막을 태우고, 통신선을 자르고, 갠디스 버겐을 범하고 있었다.
> "여보세요?" 하고 말해보았지만, 나의 목소리는 압도적인 역사의 거센 파도 속으로 덧없이 빨려 들어갔다.
>
> 「로마제국의 붕괴 - 1881년의 인디언 봉기 -
> 히틀러의 폴란드 침입 - 그리고 강풍세계」 중에서

여자 친구와 점심을 먹고 오붓한 한때를 보내려던 달콤한 계획은 전화기를 통해 들어오는 기괴한 소리로 무산된다. '휘이이이이이잉!' 괴상한 바람 소리, 아니 1881년에 일어난 인디언 봉기의 성난 함성 속으로 여자 친구의 목소리가 사라져 버린다.

여자 친구와의 약속이 무산되었으므로 지난주 일기 쓰는 작업을 계속한다. 토요일, 바로 하루 전날에는 영화 〈소피의 선택〉을 감상했다는 내용이다. 이는 독일의 히틀러가 폴란드를 침공한 스토리다.

지난주 일기를 전부 쓰고 나자, 가까스로 태풍이 멎는다. 여자 친구가 찾아와서 굴 전골을 만드는 동안, 주인공은 다음 주에 쓸 일기를 위해 다음과 같은 메모를 남긴다.

① 로마제국의 붕괴
② 1881년의 인디언 봉기
③ 히틀러의 폴란드 침입

하루키의 단편소설은 간단한 메모가 상상력과 합쳐져서 어떻게 문학적인 글로 완성되는지를 보여 준다. 의태어와 의성어 등이 어떻게 상상력으로 발전하는지, 그리고 서로 연관 없어 보이는 것들이 어떻게 '강풍세계'라는 하나의 단어로, 아니 하나의 '세계'로 묶이는지 잘 나타나 있다. 다음 주에 쓰일 위의 세 메모는 이 소설에서 이미 써진 상태이지만 말이다.

- 지난 일주일 치의 일기를 메모로 적고, 최소한 하나의 '세계'로 묶어 보자.

작가의 책 가이드

· 마루야마 겐지, 김춘미 역, 『물의 가족』, 사과나무, 2012

· 무라카미 하루키, 권남희 역, 「로마제국의 붕괴-1881년의 인디언 봉기-히틀러의 폴란드 침입-그리고 강풍세계」, 『빵가게 재습격』, 문학동네, 2014

3장의 내용과 관련하여, 각자 영감을 받은 책들을 적어 보자.

오늘 나를 있게 한 것은 매일 조금씩이라도 독서하는 습관이다.
내게 하버드 졸업장보다 소중한 것이 바로 이 독서 습관이다.
- 빌 게이츠

4장

나는 창작할 자질을 지녔을까

인간의 궁극적인 가치는 단순히 살아 있다는 것보다
인식과 사색의 안에서 찾을 수 있다.

– 아리스토텔레스

난센스 퀴즈를 맞혀 보자.

때로, 자신이 글쓰기 창작을 잘할 자질이 있는지 궁금하다는 질문을 받곤 한다. 여러분이 그런 질문을 받았다면 어떻게 대답해 줄 것인가?

영감 가이드 278p

왜 사유하는 능력이 필요할까

영감의 글쓰기를 위해 필요한 가장 중요한 요소가 사유하는 능력이다. 사유는 스스로 질문하는 능력이다. 질문하는 능력은 철학 하는 능력이다. 철학은 전공자들의 전유물이 아니라 어린 시절부터 시작하면 더욱 좋다.

예를 들어, 우리나라에 번역된 『철학 하는 어린이』 총서에는 프랑스의 오스카 브르니피에 박사가 낭테르 어린이들과 나눈 철학적인 대화가 들어 있다. 어린이와 나눈 질문들은 어른 철학자들이나 인문학도들이 던진 질문들보다 절대 가볍지 않다.

· 행복이 뭐예요?   · 함께 사는 게 뭐예요?

· 자유가 뭐예요?   · 예술이 뭐예요?

· 나는 누구일까요?   · 감정이란 무엇일까요?

· 삶이란 무엇일까요?   · 안다는 것은 무엇일까요?

· 폭력이란 무엇일까요?

아이들이 과연 이런 질문들에 대답할 수 있을까 싶지만, 아이도 그 나이에 느끼는 나름의 감정과 삶의 의미가 있다. 그런 의미에서 끊임없이 질문하는 아이들은 본능적으로 철학자들이다. 물론 어른이 되면 그들의 대답은 달라질 것이다. 또한, 죽기 직전에는 다르게 대답할 수도 있다. 그러므로 사유는 그 사람의 지성이자 감성이며 존재 방식이다.

사유는 왜 질문을 품게 할까

사유하는 습관이 있는 사람은 질문을 많이 품고 살아가는 사람이다. 주변 사람들에게 질문을 많이 던진다는 의미가 아니다. 겉으로 표현하지 않더라도 가슴에 품고 계속 그 해답을 스스로 찾아가는 사람들이다. 이는 세상에 대한 궁금증을 가진 아이가 부모에게 끊임없이 질문을 던지듯이, 어른이 되어서도 세상에 대한 궁금증을 변함없이 가지고 자기 자신에게 계속 질문을 던지는 것과 같다. 가령 이런 (터무니없는) 질문을 할 수도 있다.

거미줄에 사람이 걸릴 수 있을까?

반면에 사유하는 습관이 없는 사람은 대답을 품고 살아가는 사람이다. 자신이 찾은 대답이 아니라 타인이 찾아놓은 대답을, 다른 사람의 생각을 차용하는 습관을 지녔다. 타인의 입과 대중매체에서 들은 것을 자기 생각처럼 착각하며 되풀이하기도 한다.

이런 사람들은 스스로 질문을 잘 던지지 않는다. 질문이 많을 수가 없다. 질문은 답을 찾아가는 과정에서 사유를 낳는데, 질문이 없으면 사유가 필요 없고, 그래서 그 안에서 영감이 작동할 수 없다.

나는 어떤 질문들을 품고 있을까

1. 나는 질문을 품고 살아가는 사람일까, 대답을 품고 살아가는 사람일까?

사유

2. 자신이 품고 있는 질문들을 자유롭게 적어 보자.

스스로 답을 찾으려는 의지가 있을까

1. 앞서 던진 질문 중에서 자신에게 가장 중요한 것을 선택하자.

2. 대답을 찾아갈 의지가 있는지 스스로 확인하자. <kbd>사유</kbd>

3. 포기하고 싶다면 그 이유를 적어 보자.

4. 만약 대답을 찾으려는 의지가 없다면?

　질문이 많다고 해서 대답을 찾아가는 능력이 있는 것은 아니다. 질문을 끝없이 던져서 주변을 불편하게 만들지만, 자신은 진작 그 질문에 관심이 없는 사람도 있기 때문이다. 더구나 질문을 던진다고 쉽게 대답을 찾는 것은 아니다. 호기심은 자발적으로 오는 감정적 반응이지만, 질문의 대답을 찾고자 하는 의지가 없다면 열정은 시작되지 않는다. 영감의 글쓰기는 집요하게 동시에 즐겁게 대답을 찾아가는 과정이기에, 그런 의지가 없다면 창작의 길은 불가능하다.

자신의 질문을 분류해 보면 어느 부분에 관심이 많은지 알 수 있다. 앞서 적은 자신의 질문을 분류하고 관찰하자.

개인적인 질문

나는 왜 집에 항상 눌어붙어 있는 것일까?

나는 왜 사람을 만날수록 멀어지는 것일까?

나는 왜 옳다고 생각하는 것을 주장하지 못하는가?

사회적 질문

질병과 나라의 흥망성쇠는 어떻게 연결되어 있는가?

민족과 나라 중에 어느 것이 더 큰 개념인가?

빈곤은 개인의 잘못일까?

철학적 질문

인간의 시기심은 인류의 미래에 긍정적일까 부정적일까?

시간이란 감각은 사람에게 어떻게 다르게 다가올까?

영원한 생명이 가능할까?

예술적 질문

동양 용과 서양 용의 차이는 무엇일까?

환상이 우리를 풍요롭게 하는가, 혼란스럽게 하는가?

굶주림이 예술 정신을 강화하는가 ?

- **분류할 수 없는 질문이 있다면 왜 그런지 생각해 보자.** 사유

창의적인 사유의 핵심은 무엇일까

　사유는 생각과 혼동하기 쉽다. 하지만 사유는 단순히 죽치고 앉아 생각하는 것을 의미하지 않는다. 사유는 해답을 찾거나 논리를 찾는 과정이지만 꼭 그렇지만도 않다. 생각이 개인적인 차원에서 고집이나 아집의 형태로 나타나거나 때로는 자신이나 타인을 속박하는 반면, 사유는 묶여 있던 생각에서 스스로 풀려나면서 이로써, 타인들도 자유롭게 하는 속성을 지녔다. ⇢

　사유는 새로운 길을 만들어가는 과정이기에 더디고 때로는 과거의 과오나 실수를 돌이켜보는 행위이기도 하다. 그래서 창의적인 사유의 핵심은 미래를 위한 현재의 기획이라 할 수 있다.

사유하는 과정에 무슨 일이 일어날까

환상, 공상, 몽상, 상상은 어떻게 다를까?

비슷한 단어들 같지만, 특히 상상에는 '힘(力)'을 붙여 상상력이라고 부른다. 네 단어 모두 현실과 다른 것을 꿈꾸는 공통점이 있지만, 상상력은 특히 현실을 바꾸는 힘을 지니고 있다. 상상력은 현실을 변화시키려는 자들의 아름다운 내면의 소용돌이다.

영감과 사유가 같은 배를 탄 이유는 다른 현실을 꿈꾸는 상상력의 목적지와 방향이 같기 때문이다. 영감은 꿈꾸는 자에게서 작동한다.

내 사유가 다른 사유를 낳을 수 있을까

　창의적인 사유는 스스로 걸어 들어가는 혼자의 방이지만, 그 방은 다시 광장으로 이어져야 한다. 창의적인 사유는 자신과 바깥 세계를 새롭게 연결하는 방식이기 때문이다. 흔히 독창성은 그 독특함의 특성으로 인해 자칫 자신만의 정서 속에 고립될 수도 있다.

　하지만 창의적인 사유는 도리어 자신의 주관을 회복하여 세상과 새롭게 소통한다. 개인의 주관적인 방에 갇히지 않고, 세상의 객관적인 세계에도 갇히지 않는다. 그런 점에서 강요된 기성의 형태나 사회의 획일적인 기준을 물리치는 동시에 자신이 새롭게 인식한 공의를 설득할 용기가 있어야 한다. 그럴 때 나의 사유가 세상에 새로운 사유를 낳고 변화의 물결을 만들어낼 수 있다.

작가의 책 가이드

· 오스카 브르니피에, 양진희 외 역, 『철학하는 어린이』 총서, 상수리, 2012

4장의 내용과 관련하여, 각자 영감을 받은 책들을 적어 보자.

독서는 다만 지식의 재료일 뿐이다.
자기 것으로 만드는 것은 사색의 힘이다.
- 존 로그

5장

정의한다는 것은
무엇을 의미하는가

문학의 목적은

인생의 목적과 마찬가지로 부정(不定)이다.

– 폴 발레리

난센스 퀴즈를 맞혀 보자.

'정의'를 어떻게 정의할 것인가?

영감 가이드 278p

정의(正意)와 정의(定義)는 어떻게 다른가

우선 일반적인 의미는 다음과 같다.

1. 正意: 바른 뜻

2. 定義: 뜻을 정하다

정의(正意)의 정(正)을 파자하면 한 일자(一)와 발 지(止)가 된다. 갑골문에는 발 지(止) 앞에 성(城)을 표현한 네모 모양이 붙어 있었다 하니, '바를 정(正)'을 적의 성안으로 진격하여 적을 물리친 일로 해석하고 있다. 정의를 이긴 자의 뜻으로 보고 있다.

정의(定義)의 정(定)을 파자하면 '집 택'의 갓머리(宀)와 바를 정(正)의 옛날 글자로 (疋)가 된다. 정의(定義)도 집에 발을 먼저 들여놓는 자의 뜻이니 정의(正意)와 별로 다를 바가 없다. 정의(定義)도 성을 먼저 차지한 자가 정한 의미로 해석할 수 있다. 그러므로 한자가 보여주는 정의(定義)는 대략 권력이 정한 뜻이다.

우리가 '정의롭다'라는 단어를 쓸 때, 누구에게 정의롭다는 뜻인지 살펴볼 필요가 있는 이유이다. 자칫 정의가 각 시대의 주류의 뜻일 가능성이 있기 때문이다.

한 단어를 정의하기 어려운 이유는 무엇일까

한 단어를 정의하는 것이 얼마나 광범위한 개념과 범주를 포함하는지 알기 위해서 미셸 푸코의 『광기의 역사』에서 언급한 '광인'이라고 부르는 사람들의 의미 변화를 일견하자.

이 책에 따르면 중세 시대에 나병이 사라지자, 14세기 르네상스 시대에 '광인들의 배'라는 "라인란트의 잔잔한 강들과 플랑드르 지방의 수로들을 따라 떠다니는 기이한 취선(醉船)"이 상상계에 나타난다. 하지만 이 배는 소설적이거나 풍자적인 것만이 아니고 실재했다고 한다. 여기서 '광인'은 도시 밖으로 내몰거나 고립시켰던 비정상인의 범주를 지칭했던 표현이다. 광인들의 배는 육지라는 정상의 땅에서 내몰린 '비정상'이라고 판정받은 부류를 위한 배였던 것이다. 이 광인들은 시대에 따라 전혀 다른 모습을 하고 있다.

15세기에는 나병 환자 대신에 성병 환자가 격리 대상이 되었다. 그러다가 17세기에 종합병원(hospital general)을 세우면서 비정상이라고 여기는 새로운 범주의 광인들이 육지에 격리 수용됐다. 즉 부랑자, 동성애자, 거지 등이다.

그런데 18세기 산업혁명과 함께 많은 노동자가 필요해지자 종합병원에 있던 이들 중 상당수가 '신성한 노동자'라는 이름으로 풀려났음을 알 수 있다.

19세기에는 과학적 정신의학이라는 명분으로 정신병원이 생겼지만, 광인에 대한 억압 형태가 사라진 것은 아니다.

이처럼 미셸 푸코의 『광기의 역사』 속의 '광인'이라는 단어는 우리가 한 단어를 정의하는 것이 얼마나 어렵고 복잡한 과정인가를, 그리고 단숨에 정의하는 것이 때로는 얼마나 위험한가를 잘 보여 준다.

그래서 한 단어를 단번에 정의하는 것은 제대로 정의하지 않는 것이다.

- 비정상을 지칭하는 '광인의 배'는 현시대에도 계속 우리 주변을 유랑하고 있음을 부인할 수 없다. 그렇다면 현시대에서 비정상이라고 여기는 것들은 무엇이 있는지 적어 보자.

다시, 소설은 무엇인가

'소설이 무엇인가?' 하고 물어보면 흔히 다음과 같은 대답들이 나온다.

1. 자기 생각을 펼치는 글이요!

　하지만 자기 생각을 펼치는 글로 철학서나 인문서가 있다.

2. 가상의 이야기요! 픽션이요!

　하지만 드라마나 희극도 가상의 이야기다.

3. 사회적인 문제를 다루는 글이요!

　하지만 신문 기사나 비평 글도 마찬가지다.

4. 자신의 삶이나 자신의 이야기를 표현하는 글이요!

　자서전과 수필도 삶을 표현한다.

5. 스토리를 가진 글이요!

　시나리오나 드라마도 스토리를 가진 글이다.

6. 감동을 주는 글이요!

　모든 글이 감동의 요소를 지닐 수 있다.

7. 국어사전 찾아보면 있어요!

사전에서 '소설'의 정의를 찾을 수 있을지라도 그 정의는 손아귀에 들은 모래처럼 계속 빠져나간다. 사전은 낱말을 모아서 일정한 순서로 배열한 것인데, 소설은 그런 순서를 뒤집고 새로 조합한 영감의 글쓰기이기 때문이다.

여기서 다시, 소설은 무엇인가?

한 단어를 정의하기 위해서는 이처럼 여러 가지 생각을 거치는 과정이 더 중요하다. 소설을 굳이 정의하지 않아도 소설을 쓸 수 있지만, 지금과 같은 사유를 거치지 않는다면 소설을 내재화하기 힘들기 때문이다. 그래서 한 단어를 정의하는 과정이 시적 작업이고, 문학적 준비 과정임을 깨닫는 여정이 필요하다. '바람'의 정의를 사전에서 찾으면 찾을 수 있겠지만 바람을 잡을 수 없는 것과 같이, 정의하려고 하지만 바람처럼 잡을 수 없는 그 의미의 긴장을 유지하는 것이 영감의 글쓰기를 위해서는 더욱 유리하다.

소설의 역사는 역자 편이없나

소설이라는 글쓰기는 역사적으로 다양한 변천을 거쳐서 만들어진 것이다. 소설의 역사를 일견하면 소설이 무엇인지, 왜 소설을 쓰는지 대답을 찾아갈 수 있다.

신화	신화는 신에 관한 이야기로 구전 형태로 전해졌다.
서사시	서사시는 운문시이지만 왕이나 영웅에 관한 긴 '서사'를 가졌다는 점에서 소설의 발달과 밀접한 연관을 맺는다. 호메로스의 『일리아드』, 『오딧세이』 등이 그렇다.
로망스와 노벨	12~13세기 로망스는 서유럽 기사의 환상적인 모험담을 그 지역의 방언으로 기록한 것인데, 이러한 전장의 모험은 여성을 위한 기사의 본분으로 여겨지면서 로맨스라는 개념과 연결되었다. 로망스는 서구에서 장편소설을 의미하는 '로망'이 된 반면, 영미에서는 현실적인 삶과 시대를 이야기한 이탈리아의 노벨라(novella)에서 유래한 표현으로 소설을 '노벨(novel)'이라 부른다.
근대 소설	15~16세기는 하층민의 영웅이나 삶을 다루는 소설이 등장하는데, 그 대표적인 예로 근대 소설의 시초로 여기는 세르반테스의 『돈키호테』가 있다. 우리는 돈키호테를 우스꽝스러운 기사로 여기지만, 내면의 상상력이 외적으로 표현되었다는 점과 그 모습에서 독자에게 자신의 모습을 발견하게 한다는 점에서 근대정신의 싹을 볼 수 있다.
현대 소설	현대 소설의 효시는 나라마다 다르지만, 프랑스의 귀스타브 플로베르의 『마담 보바리』를 주목할 필요가 있다. 보들레르가 『악의 꽃』으로 재판을 받은 해에 그와 함께 법정에 선 작품으로, 지루한 남편과 사랑에 진지하지 못한 남자들 때문에 비극적인 삶을 사는 여인의 의식의 흐름을 섬세하게 보여 주고, 안개 증상(우울증) 등 현대적인 증상을 가진 인물이 등장하는 소설이기 때문이다.

소설의 역사를 보면, 신화 시대에는 신이 이야기의 중심에 놓였고, 서사시에서는 왕이나 영웅이, 그리고 12세기부터 근대까지는 뛰어나거나 우스꽝스러운 기사 계급이 중심에 있었다. 현대에는 갈등을 가진 평범한 인간을 소설의 주요 대상으로 삼고 있다.

소설의 장르는 오랜 세월 강자에 관심이 많았지만, 소설 역사의 전체적인 흐름을 보면 강자의 편에서 점점 약자 편으로 흘러왔음을 알 수 있다.

- 소설의 역사가 강자에서 약자에게로 흘러왔다는 사실이 소설을 이해하는데 어떤 변화를 주었는가? 사유

문학과 예술의 역사는 강자 편이었나

예술과 문학의 역사를 이즘의 흐름으로 살펴볼 수 있다. '이즘'은 '주의(主義)'라는 의미이다. 주의는 시대를 지배하는 이데올로기다. 시대를 지배하는 이데올로기는 힘을 가질 수밖에 없다. 그 힘에서 반대 의사를 보이거나 거역하면 불편한 일이 생기거나 생존에 위협을 받을 수도 있다. 가장 쉬운 예로 민주주의와 공산주의의 대립이 그것이다.

예술과 문학의 역사는 오른쪽 그림처럼 주요 사조들(主義)로 이어져 왔다.

예술과 문학의 역사도 역사의 시대적 상황과 함께 지배 이데올로기가 바뀌었다는 의미다. 지배 이데올로기가 바뀌었다는 것은 주인이 바뀌었다는 의미이다.

이즘에서 이즘으로 넘어갈 때 무슨 일이 일어났을까

시대를 지배하는 이즘이 주된 뜻(主義)이라면, 한 이즘에서 다른 이즘으로 넘어가는 과정에는 지배 이데올로기의 전복 과정이 있었음을 의미한다. 정치적, 종교적 그리고 예술적인 사건이 영향을 미쳤는데, 이들은 시대를 지배하던 주인을 무너뜨릴 만큼 강력한 것들이었다.

헬레니즘에서 헤브라이즘으로의 이행 과정에는 (   ),

고전주의에서 낭만주의의 이행 과정에는 (   ),

사실주의에서 초현실주의의 이행 과정에는 (   ),

구조주의에서 탈 구조주의로 넘어가는 과정에는 (   )이 있었다.

- 역사적으로 어떤 사건들이 있었을지 위의 빈칸을 다양하게 채워 보자.

'이즘'과 '이티' 중 어느 가치를 따라야 할까

　각 시대의 관점에서 바라보면 이즘은 거부할 수 없는 힘이다. 반면에 현재의 관점에서 과거의 이즘들을 바라보면 그 힘이 무력화된 것은 당연하다. 다시 말해 과거에는 왕의 통치를 당연하게 느꼈지만, 현재에 왕의 통치는 시대착오적인 발상으로 그 가치가 변했다.

　각 시대 권력의 뜻을 중심적으로 보는 것이 이즘(ISM)의 역사이고, 현대의 관점에서 과거의 가치를 재조명하는 것은 이티(ITY)의 역사이다. 전자를 역사주의라 하고, 후자를 역사성이라고 한다. 마찬가지로 그 시대의 현대를 중심으로 보는 것은 현대주의이고, 현재에서 과거의 현대주의를 재조명하는 것은 현대성이다.

- 영감의 글쓰기는 이즘과 이티 중 어느 가치를 존중해야 할까? 사유

작가의 책 가이드

· 귀스타브 플로베르, 김화영 역, 『마담 보바리』, 민음사, 2000

· 미겔 데 세르반테스, 『돈키호테』, 페이퍼문, 2016

· 미셸 푸코, 이규현 역, 『광기의 역사』, 나남, 2003

· 샤를 보들레르, 『악의 꽃』, 황현산 옮김, 민음사, 2016

· 호메로스, 김은애 역, 『오디세이아』, 문학과지성사, 2017

· 호메로스, 천병희 역, 『일리아스』, 숲, 2015

5장의 내용과 관련하여, 각자 영감을 받은 책들을 적어 보자.

단 한 권의 책 밖에 읽은 적이 없는 인간을 경계하라.
- 디즈레일리

6장

기본 개념을
프로처럼 배워라

원칙을 전문가같이 배워서, 예술가처럼 어겨라.

– 피카소

난센스 퀴즈를 맞혀 보자.

책상을 하나 만들려면 상판, 다리, 나사가 필요하다. 이 세 가지 중에 한 가지를 뺀다면 무엇을 뺄 것인가?

영감 가이드 279p

소설의 삼요소가 왜 뒤집힐까

소설의 삼요소에 관해 물으면, 대부분 잘 알고 있다.

배경, 인물, 사건이라고!

그런데 막상 소설을 쓸 즈음에는 어떤 순서로 생각할까?
제일 먼저 사건을 떠올리는 경우가 많다. 아예 역순으로 생각한다.

사건, 인물, 배경 순으로!

왜 순서가 뒤집힐까?
순서가 뒤집히면 글쓰기에 어떤 차이가 있을까?

훌륭한 작품을 원치 않는다면, 아마추어처럼 생각이 떠오르는 대로 쓰고 싶다면, 삼요소의 순서를 무시해도 좋다.

배경과 시공간의 차이를 인지하라

소설의 사건에 앞서 배경이 더 중요하다는 말이 어불성설처럼 들릴 수도 있다. 그런데 천지창조의 원리를 돌이켜보면, 하나님은 우주와 인간이 살아갈 모든 환경을 다 만들어 놓으시고 사람을 창조하셨다. 사람을 천지창조보다 먼저 만들었으면 살아남기 힘들었을 것이다. 사건의 갈등은 창조주가 아니라 피조물인 사람이 자발적으로 만들었다.

마찬가지로 글쓰기 창작도 시공간 없이 사람만 혹은 사건만 먼저 만들겠다는 생각은 위험하다. 마치 진공 속 인물들과 사건이 심심치 않게 등장하는 이유이다. 작가가 사건만 먼저 만들겠다고 생각하면 인물들도 꼭두각시처럼 자발성과 활기를 잃는다. 영감의 글쓰기는 이미 물 건너간 셈이다.

생각의 방향을 바꾸기 위해 소설의 첫 번째 요소를 '배경'이라고 생각하지 말고 '시공간'으로 이해하면 좋다. 배경은 인물의 배경처럼 수동적이고 정태적인 개념이지만, 시공간은 시간과 공간을 동시에 이해한 동적인 개념이다. 설정한 시공간 안에서 사람들이 어떻게 움직이는지 이미지처럼 보면서 사건을 만드는 것이 영감의 글쓰기다.

상대적인 시공간 감각을 지녀라

성경의 창세기를 보면, 하나님이 태양과 달과 별들을 창조하시는데 하루(넷째 날)가 걸렸다.

> 16 하나님이 두 큰 광명체를 만드사 큰 광명체로 낮을 주관하게 하시고 작은 광명체로
>   밤을 주관하게 하시며 또 별들을 만드시고
> 17 하나님이 그것들을 하늘의 궁창에 두어 땅을 비추게 하시며
> 18 낮과 밤을 주관하게 하시고 빛과 어둠을 나뉘게 하시니 하나님이 보시기에 좋았더라
> 19 저녁이 되고 아침이 되니 이는 넷째 날이니라
>
> 『큰글씨 성경전서』 중에서

반면에 과학자들은 태양계가 만들어지는 빅뱅을 수십 억 년 혹은 백억 년까지 산정한다. 신학자와 과학자가 만나 싸우면, 글쓰기의 영감을 단련하는 우리는 어느 편에 서야 할까?

신의 하루가 인간의 천 년 혹은 수십 억 년에 해당하기에 어느 편에도 설 필요가 없다. 양쪽이 모두 옳다. 신의 시간에 비해 인간의 생애는 하루살이에 가깝다. 그렇지만 정작 인간의 생애는 하루살이 입장에서 보면 영원에 가까울 것이다. 5년 정도 사는 새에게도 인간의 생애는 무한대로 보일 것이다.

영감의 글쓰기를 위해서는 상대적인 시공간 감각이 필수 요건이다. 항상 24시간이라는 시공간 안에 생각과 몸이 갇혀 있으면, 지루한 글쓰기가 나올 수밖에 없다.

소설적 시공간의 다양성을 이해하라

2017년도 강원일보 신춘문예 당선작 김선희의 「열린 문」은 한 남자가 옆집의 문 안으로 슬그머니 들어가서 자신의 집 구조와 똑같은 구조의 집을 살펴보고 말없이 돌아 나오는 이야기인데, 그 첫 부분을 살펴보자.

남자가 집으로 가기 위해서는 옆집 문 앞을 지나쳐야 했다. 그는 옆집 문손잡이를 살짝 아주 살짝 소리도 나지 않게 조심스럽게 돌려보곤 했다. 옆집 사람이 이사 온 이후 생긴 습관이었다. 그러던 어느 날 여느 날처럼 옆집 문 문손잡이를 돌리는데 기대하지 않던 문이 열렸다. 남자는 문을 밀고 들어가야 하는가 고민하면서도 자신이 이미 문을 밀고 있어 놀라고 문안으로 들어서며 이미 문안으로 들어선 것에 더욱 놀라며 옆집으로 들어갔다. 어두운 안이 보였다. 구조는 남자의 집과 구조가 똑같았다. 당연히 그럴 수밖에 없었다. 1층 같은 반지하의 나란한 집 구조를 다르게 만들 만큼 사람들은 부지런하거나 창의적이지 못했다. 복도가 긴 집이었다. 남자는 집을 처음 보러 올 때가 떠올랐다. 자신의 집과 똑같게 다른 집이었기에 집을 보러 온 것만 같았다. 남자가 휴대폰을 보았다. 안심해도 될 시간이었다.

「열린 문」 중에서

- 위의 글 속에서 몇 개의 시공간이 동시에 움직이는가? 하나의 시공간이 여럿으로 변하는 마법은 무엇 때문일까? 사유 영감 가이드 280p

소설의 시공간에 대한 이해를 돕기 위해 윤대녕의 단편소설 「남쪽 계단을 보라」를 살펴보자. 이 작품은 사람들에게 시공간이 동시에 똑같이 인지되는가에 주목하고 있어 매우 흥미롭다. 주인공 '나'는 서둘러 출근 중이었는데 집에서 전철역까지는 걸어서 약 십 분 걸리는 거리로, 집의 골목길을 빠져나오면 전철역까지 단풍나무가 길게 이어져 있었다. 아침녘의 청람 빛 싱그러운 공기를 마시며 전철역으로 걸어가던 중에, '나'는 하늘빛 원피스를 흔들며 앞서 걸어가는 여자를 보게 된다.

한데 그녀와 나와의 거리가 약 삼십 미터쯤으로 좁혀졌으리라 생각하고 있던 그때, 내 머릿속을 확 찌르고 지나가는 생각이 있었다. 혹시나 싶어 길바닥에서 서류 가방을 뒤져보았으나 참고 자료들만 가득 차 있을 뿐, 밤을 꼬박 새워 만든 회의 보고서가 빠져 있었다. 빌어먹을!

집에까지 뛰어갔다 오면 가까스로 출근 시간까지는 회사에 도착할 수 있을 듯했다. 그러한 와중에 슬몃 남쪽 계단을 보니 하늘색 여자는 막 전철역 입구로 들어서고 있는 참이었다.

「남쪽 계단을 보라」 중에서

그로부터 내가 다시 그녀를 본 것은 불과 십 분 후다. 허겁지겁 집에 들렀다 나와 내가 다시 단풍나무 길로 들어섰을 때, 그녀는 아까처럼 전방 오십 미터 지점에서 하늘빛 옷자락을 흔들며 걸어가고 있었던 것이다. 남쪽 계단 위에 서 있는 게 아니라 내가 걷고 있는 단풍나무 길에서 말이다. 이를테면 십 분 전에 돌아간 영사기의 필름을 거꾸로 다시 돌리고 있을 때와 같은 형국이었다. 그동안에 변한 것이라곤 손목시계의 분침이 열 개의 눈금을 지나

친 것밖에는 없었다. 또한 이번에는 서류 가방 안에 보고서가 제대로 들어 있다는 것 정도 밖에는.

회사까지 오는 동안 나는 완전히 멈춰져 있던 그 십 분에 대한 생각에 사로잡혀 있었다.

「남쪽 계단을 보라」 중에서

「남쪽 계단을 보라」의 주인공인 '나'는 잃어버린 10분에 대한 황당함을 계속 경험하게 된다.

이 소설이 영감의 글쓰기의 매우 좋은 예인 이유는 시공간에 대한 사유가 깊을 뿐만 아니라, 시공간 자체를 소설의 소재이자 기법처럼 사용했기 때문이다. 무엇보다도 시공간의 고정관념을 흔들어 준다. 사람마다 인지하는 시공간이 다를 수 있으며, 세계와 인간 사이에 저마다 틈이 생길 수도 있음을 경고한다. 아니, 이미 벌어진 틈을 비로소 깨닫게 해 준다. 여기서 시공간은 단순히 소설에서 주인공이 활약하는 '배경'이 아니라, 어떻게 소설의 갈등으로 작동할 수 있는지 잘 보여 주는 영감의 글쓰기다.

- 현실의 시공간에 틈이 생겨 인식의 전환점을 경험한 순간을 떠올려 보자.

사유

소설 속 인물은 왜 현실보다 다양할까

소설의 삼요소 중에서 두 번째가 인물이다. 소설의 인물은 어떤 의미에서 현실보다 더 다양하다. 사실주의적 인물도 있고 환상적인 인물도 있기 때문이다. 이 세상에 있을 법한 이야기를 쓸 때는 사실주의적 인물을 선택하고, 이 세상에 없을 법한 이야기를 쓸 때는 환상적인 인물을 등장시킨다.

등장인물의 이름이 왜 중요할까

성경 속 최초 사람의 이름이 '아담'이다. '아담'은 사람을 뜻한다. 우리가 시몬 베드로로 알고 있는 자의 이름은 본래 시몬이었고, 하나님이 베드로로 이름을 바꾸어 주신 것이다. 시몬의 뜻은 '자갈'이었고 베드로의 뜻은 '반석'이다. 작은 자갈로 남지 않고 큰 반석이 되라는 축복의 이름이었다. 이처럼 성경 속에서 신이 사람에게 붙여 주는 이름들은 주로 은혜의 이름이다.

반면, 인간 세상에서 이름을 바꾸는 일은 나쁜 상황이나 불안한 심리가 작용한 경우가 많다. 이름 때문에 놀림을 받았거나, 범죄에 연루되는 이름이어서 부정적이거나, 태어날 때부터 버림받아 계속 아버지가 바뀌면서 이름이 바뀌기도 한다.

영감의 글쓰기에서 등장인물의 이름은 거의 소설의 운명을 좌지우지할 만큼 중요하다. 소설의 주제를 반영하기도 하고, 반복되는 이름의 리듬적 효과가 크게 작용하기 때문이다. 소설 속 이름은 현실의 이름과 많은 차이를 보인다.

① '강민호', '김정숙'처럼 성과 이름을 함께 사용한다.

② 성 없이 이름만 사용하거나, '김 씨'처럼 생략하여 사용한다.

③ '나' 혹은 '당신' '그', '그녀'라는 인칭대명사만으로 소설 전체를 이끌어간다.

④ '아내'와 '남편', '여자'와 '남자'로 이름을 대신할 수 있다.

⑤ X, Y, r, m 등 알파벳 대문자 혹은 소문자를 이름으로 사용한다.

소설 속 등장인물의 이름은 작가가 특별한 문학적 의도를 가지고 선택한 것이다.

① 성과 이름으로 개성을 부각한다.

이름의 효과를 잘 보여 주는 작품으로 이문열의 「우리들의 일그러진 영웅」의 엄석대(嚴石大)를 떠올리지 않을 수 없다. 돌 석(石)과 큰 대(大)를 사용한 이름뿐만 아니라 성씨까지 엄할 엄(嚴)을 사용하여 인물의 강하고 군림하는 성격을 잘 부각하고 있다.

②, ③, ④를 섞어서 한 작품 안에 쓸 수 있다.

윤대녕의 「남쪽 계단을 보라」에는 '나(정명)'와 '단풍나무 길에서 만난 여자'와 어느 날 갑자기 전화를 걸어온 '곽우길'이 등장한다. 흥미로운 것은 소설의 발단이 된 '여자'의 정체나 이름은 알 수 없다. 하지만 기억나지 않는 고등학교 동창의 이름은 '곽우길'로 정확하게 명기되어 있다. 곽우길은 시공간이 자신과 틈을 벌리고 있음을 고백하여 '나'의 경험을 개인에서 일반으로 확장시킨다.

④ 김선희의 「열린 문」의 등장인물은 '남자'와 '옆집 사람'이다. 벽 하나를 사이에 두고 똑같이 생긴 공간을 살아가는 두 인물이지만, 서로 대면하는 일이 없다. 어느 날 '옆집'의 문이 열리면서 남자가 그 안으로 빨려 들어가는 경험을 하지만, '옆집 사람'과 친밀한 관계로 발전하지 못하고 서로 이름도 주고받지 못한 채 문은 닫힌다.

⑤ 이름을 알파벳으로 사용하는 경우는 인간과 사물의 관계가 달라졌다는 의미이다. 사실주의 소설에서는 인물이 주변 사물들보다 우위에 있고, 실존주의에서 인물과 사물의 관계가 동일시된다면, 누보로망 이후에는 인간의 위상이 사물에 지배되는 사물화 현상이 나타난다. #➡

황정은의 단편소설 「문」에는 'm'이라는 주인공이 등장한다. 할머니가 죽은 뒤에 m의 등 뒤에서 문이 열렸다. 할머니가 나와서 함께 커피를 마시곤 한다. 할머니가 나오지 않는 날에는 등교도 하지 않고 기다린다. 그러다가 지하철 레일에 떨어져 죽은 남자가 문으로 나와서 자신에 관한 이야기를 한다.

하지만 이름을 비롯해 몇 가지 기억과 느낌은 영영 사라져 버렸어. 여기저기 이상한 공동(空洞) 같은 것이 있는데, 내 얼굴과 등뼈가 쪼개졌을 때 그런 것들이 어딘가로 튕겨 나가고 남은 구멍 같아. 거기에 있던 것들이 어떤 것들인지 아무래도 알 수가 없어. 완전히 사라져 버렸어. 모르겠어. 이름을 기억할 수 없는 것은 최근에 좀처럼 불린 적이 없었기 때문일지도 몰라.

뭐를 불린 적이 없다고?

이름.

그가 말했다.

그러니까 사과라고 불러도 좋아.

사과.

두리안이라도 상관없어.

「문」 중에서

소설 「문」의 주인공의 이름은 'm'이고, 지하철에서 죽은 남자는 자신의 이름조차 알지 못한다. 이들은 세상에서 통용되는 이름을 갖지 못한 존재들이다. 알파벳끼리 결합하지 않으면 일상적인 의미를 생성할 수 없듯이, 주인공 'm'도 죽은 할머니만 기다리고 있어 외부와 결합이 어려운 존재이다. 지하철 레일에 떨어져 죽은 남자는 이름을 불린 적이 없으니 사회적 관계망에서 아예 빠져 버린 존재이다. 일반 소설의 주인공들이 대개 자아나 정체성을 찾아 헤매는 데 집중하는 반면, 이 작품은 그런 통념을 무너뜨리는 면에서 영감을 준다. 작가가 이름과 정체성의 관계에 대해 이렇게 요약하고 있기 때문이다.

> "결정적이지 않은 상태로 살아가는 것은 나쁜 걸까?"
>
> 「문」 중에서

– 작가가 이름을 대문자 M이 아니라 소문자 'm'으로 지은 이유와 결정적이지 않은 상태로 살아간다는 것이 무엇을 의미하는지 생각해 보자. 사유

외모가 육체적인 특징일 뿐일까

자동차 회사라면 자사에서 만든 자동차가 어떻게 생겼는지, 무슨 색깔인지, 부속품은 어떤 것들인지 잘 알고 있다. 사고가 나지 않으려면 잘 알고 있어야 한다. 글을 배우는 습작생들도 마찬가지다. 소설이 무너지지 않으려면 자신이 만든 소설 속 인물의 머리칼이 긴지, 몸이 뚱뚱한지, 키가 큰지 잘 알고 있어야 한다. 그렇지만 외모는 단순히 육체적인 특징만을 보여 주는 것이 아니다.

외모는 사람의 성격과 습관을 보여 주는 좋은 지표이다. 가령, 얼굴이 큰 사람이 그것을 콤플렉스로 여기면 사람들 앞에서 고개를 숙이는 습관이 생긴다. 습관은 그 사람의 성격을 특징짓는 중요한 요인이 된다. 이를 정신적인 혹은 육체적인 갈등의 소재로 사용할 수도 있다는 점에서 소재나 주제와도 연결된다.

입체적인 인물을 만드는 비결은 무엇일까

개성이 강한 입체적인 인물을 만들려면 평소에 인물 연구가 필요하다. 입체적인 인물이라고 해서 활발하고 강한 인물을 의미하지는 않는다. 게으르고 비루한 사람 혹은 자기 표현을 하지 못하는 사람도 개성적이고 입체적으로 드러나야 한다는 의미이다. 미리 연구된 캐릭터가 없다면 밋밋하거나 개성 없는 인물들이 등장하기에 십상이다.

평소에 주변 혹은 특정 영역의 사람들의 특징을 메모해 두면 좋다. 만나기만 해도 기분이 좋아지는 사람, 특별한 잘못도 없는데 비열하게 느껴지는 사람, 평소에는 얌전하다가 이유 없이 폭발하는 사람, 거짓말을 잘하는 사람 등 인성 연구도 필요하고, 로봇 개발자, 우주 탐험가 등 소설의 내용과 관련된 전문인들의 특징들도 공부해야 한다. 이는 개개인의 장단점을 판단하는 일방적인 작업이 아니라 인간의 다양한 존재 방식과 특징을 작가의 눈으로 포착하는 것이다.

- 주변에서 발견한 어느 인물의 독특한 특징을 적어 보자.

인물의 습관이 주제를 좌지우지하게 하라

코를 훌쩍이는 습관이나 머리털을 쥐어뜯는 습관으로 인물의 특성을 강화할 수도 있다. 인물의 습관은 인물의 성격이나 직업과도 연결된다. 나이나 습관 자체가 소설의 소재뿐만 아니라 주제로 연결될 수도 있다.

가령, 우리는 걸어 다니지만 항상 걸어 다니지는 않는다. 쉬지 않고 걸어 다니는 사람이 파트리크 쥐스킨트의 『좀머 씨 이야기』에 나온다. 좀머 씨는 걸어 다니는 인간의 속성을 더 밀고 나간 인물이다.

- 좀머 씨가 종일 걸어야 했던 이유가 단순히 밀폐 공포증 때문이었을까?

사유

- 자신의 습관을 확장하여 창작적 소재로 가능한 것을 찾아 적어 보자.

인물의 습관을 소설의 소재와 주제를 연결하면서 영감을 보여 주는 작품으로 김애란의 단편소설 「달려라 아비」가 있다. 이 소설은 걸어 다니는 사람이 아니라 달리는 사람의 이야기다. 어머니 손에 키워진 주인공은 어머니를 통해 아비(아버지)의 이야기를 듣게 되는데, 이때 각인된 아버지는 계속 달리는 모습이다.

> 내겐 아버지를 상상할 때마다 항상 떠오르는 장면이 있다. 그것은 아버지가 어딘가를 향해 열심히 뜀박질하고 있는 모습이다. 아버지는 분홍색 야광 반바지에 여위고 털 많은 다리를 가지고 있다. 허리를 꼿꼿이 편 채 무릎을 높이 들고 뛰는 아버지의 모습은 누구도 신경 쓰지 않는 규칙을 엄수하는 관리의 얼굴처럼 어딘가 우스꽝스러워 보인다. 내 상상 속의 아버지는 십수년째 쉬지 않고 달리고 있는데, 그 표정과 자세는 늘 변함이 없다. 아버지는 벌게진 얼굴 위로 황니를 드러내며 웃고 있다. 그것은 마치 누군가 아버지 얼굴 위에 일부러 붙여 놓은 못 그린 그림 같다.
>
> 「달려라 아비」 중에서

쥐스킨트의 좀머 씨가 종일 쉬지 않고 걷는다면, 김애란의 「달려라 아비」 속의 아비도 십수 년 째 쉬지 않고 달리고 있다. 어머니와 처음 관계를 맺던 날도 아버지는 아주 좋아하며 피임약을 사러 달려 나갔고, 어머니가 아버지에게 임신 소식을 알렸을 때도 바로 집을 달려 나가 버렸던 것이다. 이는 단순한 습관이 아니라 아버지 삶의 본색을 특징짓는 습관의 문학적 특화이다. 평범하게 걷던 인간에게 쉼 없이 걷고 혹은 쉼 없이 달리는 특별한 습관을 사용하면, 영감의 글쓰기는 이미 질주하는 셈이다.

– 아버지에게 계속 달리라고 부추기는 제목을 붙인 것은 무엇 때문이라고 생각하는가? 사유

과거의 기억을 가진 인물도 현재를 산다

한 인간의 과거는 현재에 많은 영향을 끼친다. 하지만 소설 속에서 시간의 주인은 현재이다. 과거를 이야기한다 해도 주도권은 현재에 있다. 작가가 인물의 과거를 칼로 뚝 자르듯이 삽입해서 넣는 것은 현재의 주도권을 무시하는 결과를 낳는다. 과거를 이야기한다 해도 그것은 현재에 있는 인물의 성격이나 환경을 강화하는 데 목적이 있기 때문이다.

더구나 소설 주인공의 과거는 고정된 형태로 존재하지 않는다. 사람들은 나쁜 경험을 빨리 잊어버리기도 하고, 때로 변형해 버리기도 하기 때문이다. 과거의 기억은 인물의 그림자처럼 움직이게 해야 한다.

- 소설로 써 보고 싶은 과거의 기억이 있다면, 현재 그 이야기가 왜 중요한지 생각해 보자. **사유**

인물의 상황 인식을 넓혀 주자

온 우주에 한 인간만이 남아 살아가는 이야기가 있을 수는 있어도, 일반소설에서 마치 그렇게 살아가는 주인공처럼 설정하지 않도록 주의해야 한다. 두 사람이 등장하면 두 사람이 세상의 전부인 양 이야기를 끌고 가지 않아야 한다는 뜻이다. 선택된 화자나 주인공은 자신의 시야에 들어오는 시공간과 사람들의 움직임을 계속 포착하여야 한다. 그래야 시공간과 인물들이 자유롭게 움직일 수 있다.

외롭게 혼자 살아가는 주인공이 산책하면서 본인의 생각에만 빠져 있는 것으로 끝이 나서는 안 된다. 산책하다 보면, 공원에 산책을 나온 귀여운 강아지도 있고, 그 강아지의 주인도 있고, 서로 좋아서 어쩔 줄 모르는 연인도 있고, 자전거가 고장이 나서 끌고 가는 사람도 있고……, 혼자가 아닌 다른 사람들을 보여줄 때 외로움은 한층 더 잘 느껴진다.

마찬가지로 주변 풍경을 통해서도 작 중 인물의 처지와 생각을 더 효과적으로 전달할 수 있다. 신경숙의 「풍금이 있는 자리」에서는 여자 주인공이 유부남과 프랑스로 도망가려는 상황에서 마지막으로 고향 집을 찾는다. 그곳에서 두 마리의 까치가 둥지를 짓기 위해 애쓰는 모습을 오랫동안 바라보는 부분이 있다. 여기서 사이좋은 까치 부부가 짓는 둥지가 불안정한 연인 관계를 대조적으로 암시한다. 인물이 주변과 관계를 맺으며 상황 인식을 넓게 만들도록 한다.

인물의 직업은 어떤 역할을 할까

직업은 생계 수단이기도 하지만, 인물의 삶을 가장 손쉽게 보여 주는 방법이기도 하다. 김영하의 「사진관 살인사건」은 살인을 해결하려는 경찰에 대해 작가가 사전 조사나 지식을 얼마나 많이 준비했는지 잘 보여 준다. 이는 독자로 하여금 작가와 소설에 신뢰를 갖게 하고 이야기 속으로 거침없이 빠져들게 만든다.

> 살인사건은 왜 일요일에 자주 발생하는 것일까. 글쎄 정확한 통계야 알 수 없지만 내 경우엔 그랬다. 일요일. 그것도 비번인 날에 자주 터진다. 집에서 쉬고 있다가 불려 나가서 더 그런 느낌이 드는 건지도 모르겠다. 어쨌든 그 사건도 일요일에 터졌다. 아내와 함께 교회에 나가 지루한 설교를 듣고 있는데 삐삐가 왔다. 빌어먹을. 과장이었다. 호출기에는 과장의 고유번호 3143과 살인사건 코드 01이 함께 찍혀 있었다. 과장은 그런 식으로 삐삐의 집단호출 기능을 이용해 수사관들을 불러들인다. 강도는 02, 강간은 03, 그 외의 사건은 모두 04이다.
>
> 「사진관 살인사건」 중에서

- 살인범을 찾는 경찰이라는 직업의 특성을 일반 사람이 알기는 쉽지 않다. 이처럼 일반 사람이 알기 어려운 직업이지만 특별한 이유로 잘 알고 있는 직업이 있다면, 그 특징에 대해 적어 보자.

가상의 직업도 직업일까

  소설 속 인물들의 직업에는 현실적인 직업만 있는 것이 아니다. 보후밀 흐라발의 『너무 시끄러운 고독』에서 주인공은 지하의 폐지 처리소에서 혼자 지상의 모든 폐지를 처리하는 사람이다. 주인공 '나'는 그 책들 가운데에서 가장 좋은 내용의 책들을 선별하여 읽는 고급 독자이기도 하다.

> 나는 근사한 문장을 통째로 쪼아 사탕처럼 빨아 먹고, 작은 잔에 든 리큐어처럼 홀짝대며 음미한다. 사상이 내 안에 알코올처럼 녹아내릴 때까지. 문장은 천천히 스며들어 나의 뇌와 심장을 적실 뿐만 아니라 혈관 깊숙이 모세혈관까지 비집고 들어온다. 그런 식으로 나는 단 한 달 만에 2톤의 책을 압축한다.
>
> 『너무 시끄러운 고독』 중에서

  그 직업을 통해 작가가 전하고 싶어 하는 메시지는 매우 독창적이다. 이처럼 직업은 살아가는 경제적인 방편일 뿐만 아니라 소설의 시공간과 주제를 새롭게 설정할 수 있는 도구이다. 그리고 작가가 폐지 처리라는 직업을 통해 표현하고자 하는 작품의 주제가 뚜렷한데, 다음 탈무드의 한 구절이 이를 대변한다.

> "우리는 올리브 열매와 흡사해서, 짓눌리고 쥐어 짜인 뒤에야 최상의 자신을 내놓는다."

- 본인의 상상력이 만들어낸 기발한 직업들에 대해 적어 보자.

사건을 어떻게 만들까

소설의 삼요소 중에서 세 번째가 사건이다. 일반적으로 사건은 '발단 - 전개 - 절정 - 결말'로 구성된다. 모든 단계가 중요하지만, 특히 발단이 더 중요한 이유는 작가가 사건의 씨앗을 잘 심지 못하면 소설이 잘 자라나지 않기 때문이다.

그렇다면 사건은 (   )의 발단이며

(   )의 전개이며

(   )의 절정이며

(   )의 결말일까?

영감 가이드 280p

시공간 이동으로 갈등의 씨앗을 심어라

발단에서 갈등의 씨를 제대로 심지 못하면 전체적으로 소설을 제대로 끌고 가기 어렵다. 갈등이 증폭되지 않으면 소설이 자라나지 않기 때문이다.

그렇다면 소설에서 사건의 갈등을 만드는 비법은 무엇일까? 역으로 소설의 삼요소를 잘 활용하는 것이다. 첫 번째 시공간이 있다. 이문열의 「우리들의 일그러진 영웅」은 공무원인 아버지의 좌천으로 시골 'Y 국민학교'라는 시공간으로 옮겨가면서 일어나는 갈등이다. 그러므로 갈등의 근원에는 시공간의 이동이 있다.

김선희의 「열린 문」에서도 항상 잠가 있던 옆집의 문이 살그머니 열리면서 일어난 사건이다. 겉으로 보면 아주 작은 시공간의 변화지만, 주인공은 자신도 모르게 그 안으로 빨려 들어간다. 물론 그 안에서 물건을 훔쳐 나오지도, 저 안쪽에서 콜록대는 여자를 만나거나 위협하지도 않는다. 그는 다시 아무 일이 없다는 듯이 그 좁고 긴 복도를 들여다보고 다시 나온다. '옆집 사람' 입장에서는 아무 일도 일어나지 않았지만, 실제로는 '남자'의 무단 침입이 일어났기에 독자까지 작은 떨림을 느끼게 한다. 큰 사건이라고 해서 반드시 큰 갈등을 일으키는 것이 아니어서, 도리어 작은 사건이 큰 갈등을 일으키면 더욱 문학적 효과를 낼 수도 있다.

새로운 인물의 등장으로 갈등의 씨앗을 심어라

새롭게 등장한 인물이 기존의 상황을 흔들며 힘의 새로운 역학 관계를 형성하는 소설로 김영하의 단편소설 「오빠가 돌아왔다」를 살펴보자.

오빠가 돌아왔다. 옆에 못생긴 여자애 하나를 달고서였다. 화장을 했지만 어린 티를 완전히 감출 수는 없었다. 열일곱 아님 열여덟? 내 예상이 맞는다면 나보다 고작 서너 살 위인 것이다. 당분간 같이 좀 지내야 되겠는데요. 오빠는 낡고 뾰족한 구두를 벗고 마루에 올라섰다. 남의 집 들어오기가 어디 그리 쉬운가. 여자애는 오빠 등 뒤에 숨어 쭈뼛거리고 있었다. 오빠는 어서 올라오라며 여자애의 팔을 끌어당겼다. 아빠는 어처구니가 없다는 듯 둘을 바라보다가, 내 이 연놈들을 그냥, 하면서 방에서 야구방망이를 들고 뛰쳐나가 오빠에게 달려들었다. 오빠의 허벅지를 노린 일격은 성공적이었다. 방망이는 오빠 허벅지를 명중시켰다. 설마 싶어 방심했던 오빠는 악, 소리를 지르며 무릎을 꺾었다. 못생긴 여자애도 머리를 감싸며 비명을 질렀다. 그러나 계속 당하고 있을 오빠는 아니었다. 아빠가 방망이를 다시 치켜드는 사이 오빠는 그레코만형 레슬링 선수처럼 아빠의 허리를 태클해 중심을 무너뜨렸다. 그러고는 방망이를 빼앗아 사정없이 아빠를 내리쳤다.

「오빠가 돌아왔다」 중에서

오빠는 폭력적인 아버지 밑에서 끝없이 맞다가 참다못해 가출했고, 그 후 4년 만에 돌아왔다. 오빠는 못생긴 여자애도 하나 달고 나타났다. 가출한 오빠가 돌아왔으니 당연히 반겨야 하는데도 오빠는 환영받지 못한다. 오빠의 귀환이 이 소설 속 갈등의 씨앗이다.

- 떠나기 전의 오빠와 돌아온 오빠는 어떻게 다른 갈등을 야기하는가? 사유

사건의 발생으로 갈등의 씨앗을 심어라

사건의 발생으로 갈등의 씨앗을 심는 것은 너무나 당연한 일이지만, 소설이 시작도 되기 전에 이미 사건이 터진 상황을 설정할 수도 있다.

> 안개 낀 물빛 하늘을 보며 상쾌한 느낌으로 출근한 그에게 아주 놀라운 소식이 전해졌다. 3학년 2반의 수정이라는 학생이 14층 아파트에서 투신자살했다는 것이다. 그녀는 목뼈가 부러져 그 자리에서 숨졌다 한다. 3학년 2반이라면 어제 그가 불어를 가르친 학생들이었다.
>
> 「위험한 상상」 중에서

> 여학생의 옷이 최초로 발견된 것은 저수지 뒤쪽의 숲이었다. 숲에서 밤을 줍던 시민이 옷을 찾아냈다. 시민은 전봇대에 붙은 전단지에서 그 옷을 봤다. 수색을 위해 경찰 몇 개 중대가 동원되었다. 수색대는 인근 숲을 뒤졌다. 여학생의 유류품, 그러니까 발견되지 않은 가방이나 옷가지, 소지품 등을 찾기 위해서였다. 무엇보다 사체를 찾아야 했다. 경찰 내부에서는 아무래도 여학생이 죽었을 거라는 얘기가 나돌았다. 주민들은 밤이면 통행을 삼갔다. 오랜 실종 끝에 사체로 발견되는 경우가 많았다. 영구히 실종 상태로 남은 사람은 더 많았다. 흔적을 찾을 수 없는 실종이었다. 그들은 홀연히 사라져 버렸다.
>
> 「저수지」 중에서

김다은의 「위험한 상상」이나 편혜영의 「저수지」는 소설이 시작되기도 전에 이미 터진 사건을 발단의 씨앗으로 심은 경우이다. 사건을 해결하기 위한 또 다른 사건의 시작점이 된 것이다. 「위험한 상상」은 여학생의 자살과는 무관한 한 불어 교사가 살인범으로 몰려 직업이나 명예, 모든 것을 잃는 이야기이고, 「저수지」는 실종의 깊이를 다루고 있다. 하지만 범죄 사건이라고 해서 곧장 추리소설로 이어지는 것은 아니다.

작가의 책 가이드

· 김다은, 「위험한 상상」『위험한 상상』, 이룸, 2000

· 김선희, 「열린 문」『신춘문예당선소설집(2017)』, 한국소설가협회, 2017

· 김애란, 「달려라, 아비」『달려라, 아비』, 창작과비평사, 2019

· 김영하, 「사진관 살인사건」『엘리베이터에 낀 그 남자는 어떻게 되었나』, 문학동네, 2018

· 김영하, 「오빠가 돌아왔다」『오빠가 돌아왔다』, 창작과비평사, 2004

· 대한기독교서회, 『큰글씨 성경전서』, 대한기독교서회, 2018

· 윤대녕, 「남쪽 계단을 보라」『남쪽 계단을 보라』, 세계사, 2003

· 편혜영, 「저수지」『현대문학』(2월호), 현대문학, 2005

· 황정은, 「문」『일곱시 삼십이분 코끼리 열차』, 문학동네, 2008

· 보후밀 흐라발, 이창실 역, 『너무 시끄러운 고독』, 문학동네, 2016

· 오기와라 히로시, 양억관 역, 『네 번째 빙하기』, 좋은생각, 2009

· 파트리크 쥐스킨트, 유혜자 역, 『좀머 씨 이야기』, 열린책들, 1999

6장의 내용과 관련하여, 각자 영감을 받은 책들을 적어 보자.

책은 오로지 영감을 주기 위한 것이다.
- 에머슨

7장

영감이 길을 잃지 않게
수미상관을 이루라

중요한 건
당신이 어떻게 시작했는가가 아니라
어떻게 끝내는가이다.
– 앤드류 매튜스

난센스 퀴즈를 맞혀 보자.

알이 먼저일까? 닭이 먼저일까?

(힌트 : 제목을 먼저 정해야 할까? 주제를 먼저 정해야 할까?)

영감 가이드 280p

제목이 영감의 은하수가 되게 하라

제목은 글의 주제를 상징적으로 혹은 문학적으로 보여 주는 영감의 은하수다. 제목은 언제 정해야 할까? 작가마다 작품마다 다르겠지만, 처음부터 제목이 바다의 등대처럼 기준점이 되어 주면 글이 방향성을 얻게 되어 더욱 좋다. 기존 작품들의 제목을 살펴보면 문학적 의도와 함께 영감을 얻을 수 있다.

1. 명사 제목

1) 고유명사 제목 : 최인호 『황진이』, 전경린 『황진이』

세대 차이가 나는 최인호 작가와 전경린 작가는 동일한 제목의 작품을 내놓았다. 이보다 더 적합한 제목이 없다는 뜻이기도 하다. 한국 소설에서는 「춘향전」, 「심청전」처럼 과거 전기소설의 제목에 고유명사가 많이 나타났고, 현대 소설에는 『미실』, 『덕혜옹주』처럼 역사소설에 고유명사를 많이 붙인다. 최근 「82년생 김지영」처럼 고유명사가 현대 소설의 제목으로 등장하는데, 직장 스트레스, 경력 단절, 육아 독박과 함께 며느리와 딸의 역할을 함께 해내야 했던 1982년 대한민국의 수많은 여성을 대변한다는 점에서 고유명사 '김지영'은 보통명사의 역할을 겸하고 있다.

반면, 서양에서는 『돈키호테』, 『안나 카레니나』, 『젊은 베르테르의 슬픔』, 『벤자민 버튼의 시간은 거꾸로 간다』처럼 역사소설이 아니어도 고유명사를 비교적 자주 사용해 왔다. 이러한 제목은 한 개인의 특이한 인생 체험이나 감수성에 초점이 맞춰져 고유명사의 역할이 더욱 잘 드러난다.

- 고유명사 제목을 찾아보고, 주인공이 작품의 제목이 된 이유를 생각해 보자.

사유

2) 보통명사 제목 : 하성란 『웨하스』, 한강 『채식주의자』

고유명사가 특정 사람이나 대상을 이름하는 것이라면, 보통명사는 같은 성질을 가진 사람들이나 대상들에게 공통으로 붙일 수 있는 이름이다. 하성란의 『웨하스』는 웨하스처럼 쉽게 바스러질 수밖에 없는 삶을 사는 사람들과 그 인간관계를 표현하기 위해 선택한 제목이다.

한강의 『채식주의자』는 어린 시절의 기억 때문에 육식을 철저하게 거부하는 여자의 식물적 상상력을 표현한 작품으로, 제목에서 그런 여성의 고통을 대변하는 보통명사를 사용했음을 알 수 있다.

- 보통명사 제목의 책들을 찾아보고, 제목이 만들어낸 효과를 생각해 보자.

사유

3) 명사+조사+명사 제목 : 박민규『아침의 문』, 김다은『손의 왕관』

　　　　　　　마루야마 겐지『물의 가족』, 움베르토 에코『장미의 이름』

　명사는 흔히 조사와 함께 사용된다. 작품 제목에는 유독 '명사+조사+명사' 형이 많은데, 위의 제목들에서 보듯이 일반적으로 잘 사용하지 않는 표현법이 많다.

　『아침의 문』은 추상 명사와 구체 명사를 합친 경우로 아침의 문이 어디 있는지 알 수 없다. 하지만 작품을 읽고 나면, 그 주제와 함께 이해할 수 있으니 문학적인 제목임을 알 수 있다.

　『손의 왕관』은 머리에 쓰는 왕관이 아니라는 점에 주목하게 되는데, 이 또한 작가의 전략임을 알 수 있다. 즉 머리에 쓰는 왕관이 세상의 권력을 상징하는 권위의 왕관이라면, 손의 왕관은 영적인 왕관이다.

　『물의 가족』이라는 제목은 내용을 모르는 상태에서는 의미 파악이 제대로 되지 않는다. 하지만 작품을 읽고 나면 진정 다른 제목이 있을 수 없다고 여겨질 정도로 멋진 제목임을 알 수 있다.

　움베르토 에코의 『장미의 이름』에서는 눈 씻고 찾아보아도 내용상 장미 한 송이도 볼 수 없다. 일부러 장미를 철저히 배제하고 쓴 느낌이다. 그러나 눈에 보이지 않고 이름뿐인 장미를 통해 독선적인 진리를 고발하였으니, 참으로 문학적인 제목임을 읽고 나면 알 수 있다.

- 명사+조사+명사 제목의 책들을 찾아 특징을 파악해 보자. 사유

2. 형용사+명사 제목

1) 수 형용사+명사 제목 : 외기와라 히로시 『네 번째 빙하기』
로랑비네 『언어의 7번째 기능』
김다은 『바르샤바의 열한 번째 의자』

제목에 수 형용사를 사용하면 관심을 불러일으키는 효과가 있다.

일본 작가 외기와라 히로시의 『네 번째 빙하기』의 실제 내용은 빙하기 시대를 다루고 있지는 않지만, 네 번째라는 수 형용사를 임의로 사용하여 수많은 빙하기 중에서 네 번째 빙하기가 왜 특별한지 관심을 갖게 만든다.

프랑스 작가 로랑비네의 『언어의 7번째 기능』은 임의로 설정된 '일곱 번째'가 아니다. 널리 알려진 언어 이론으로 로만 야콥슨의 '언어의 6가지 기능'이 있는데, 작가는 이를 근거로 로만 야콥슨이 '일곱 번째 기능'을 연구하다가 죽었다고 설정했다. 이 이론은 세상을 뒤집어 놓을 수도 있다고 하니 흥미를 끌지 않을 수 없다.

김다은의 『바르샤바의 열한 번째 의자』에 나오는 의자는 폴란드의 크리스마스 풍습과 관련된 것이다. 아기 예수가 구유에서 태어난 것은 구주를 제대로 맞이할 준비가 되지 않았기 때문이라고 깨달은 폴란드인들은 크리스마스이브의 식탁에 빈 의자를 마련해 둔다고 한다. '열한 번째' 의자는 그 의미를 확장하여 소외되거나 '올지도 모를 사람을 위한' 의자를 상징한다.

2) 색깔 형용사+명사 제목 : 샤를 페로「푸른 수염」

하성란『푸른 수염의 첫 번째 아내』

샤를 페로의 민담집『옛이야기와 교훈』속의「푸른 수염」에서는 푸른 수염 사내의 아내들이 자꾸만 사라지는 이야기가 나온다. 색깔 형용사 '푸른'은 성안으로 새 신부를 계속 끌어들여 죽이는 난폭하고 힘 있는 남성을 상징한다.

하성란의『푸른 수염의 첫 번째 아내』처럼 제목에 수 형용사와 색깔 형용사를 함께 사용하면 그 효과는 배가 된다.

- 색깔 형용사나 수 형용사를 사용한 제목들을 찾아보고, 문학적 효과를 적어 보자.

3) 감각 형용사 + 명사 제목 : 정이현『달콤한 나의 도시』

　　　　　　　　　　　오현종『달고 차가운』

　수 형용사나 색깔 형용사 외에, 청각이나 촉각 등 우리의 오감에 의해 나타나는 형용사를 사용하면 더 감각적인 제목이 완성된다. 정이현의『달콤한 나의 도시』에서 '달콤한'은 미각 형용사이다.

　오현종의『달고 차가운』처럼 형용사만으로 이루어진 제목도 영감을 준다.

－ 청각, 촉각, 미각, 시각, 후각을 살린 제목을 찾아보고, 문학적 효과가 어떻게 다른지 적어 보자.

4) 금지 형용사 + 명사 제목 : 아흐멧 알탄 『위험한 동화』

김다은 『위험한 상상』, 『금지된 정원』

양귀자 『나는 소망한다 내게 금지된 것을』

형용사 중에서 '위험한' 혹은 '금지된'처럼 경각심을 일깨우는 형용사가 주목을 끈다. 위험한 것은 더 들여다보고 싶고, 금지된 것은 그것을 더 소망하게 되는 심리를 자극하므로 영감이 생긴다.

아흐멧 알탄의 『위험한 동화』, 김다은의 『위험한 상상』과 『금지된 정원』 그리고 양귀자의 『나는 소망한다 내게 금지된 것을』도 같은 예이다. 『나는 소망한다 내게 금지된 것을』에서 '금지된'은 의존명사와 함께 사용되었다.

- 금지 형용사를 사용한 제목들을 찾아서 내용과 어떻게 연결되는지 생각해 보자. 사유

5) 모순 형용사 + 명사 제목 : 이문열의『우리들의 일그러진 영웅』

　모순 형용사는 모순되는 단어나 내용을 조합한 경우로 이 책에서 임의로 일컫는 표현이다.

　가령, 영웅은 다른 사람보다 뛰어나고 완벽해서 추앙받는 인물인데, 이문열의『우리들의 일그러진 영웅』은 '일그러진+영웅'이라는 모순적인 조합이 흥미를 자아내고 두 단어 사이의 틈을 들여다보게 만든다. 그러므로 여기서 '모순'은 형용사와 명사의 조합 자체에서 나오는 것으로, 처음부터 모순 형용사가 존재하는 것은 아니다. 형용사가 사용되지 않았더라도, 구라치준의『두부 모서리에 머리를 부딪혀 죽은 사건』처럼 심리적으로 모순을 유발하는 제목도 영감을 준다.

　- 모순 형용사를 사용한 작품 제목들을 찾아보고, 문학적 효과를 생각해 보자.

사유

3. 서술형 제목

서술적인 문장을 사용하여 작가의 의도를 잘 표현한 작품에서도 영감을 얻을 수 있다.

1) 평서문 제목: 김형경『새들은 제 이름을 부르며 운다』
　　　　　　　　박현욱『아내가 결혼했다』
　　　　　　　　피츠 제럴드『벤자민 버튼의 시간은 거꾸로 간다』

김형경의『새들은 제 이름을 부르며 운다』의 제목처럼, 뻐꾸기는 뻐꾹 뻐꾹 부엉이는 부엉부엉 제 이름을 부르며 운다. 한 인간의 죽음을 통보받고 한때 같은 이상을 공유했던 사람들이 각자 어떻게 반응하는지, 어떻게 자신의 이름을 부르는지를 보여 주는 장편소설이다.

박현욱의『아내가 결혼했다』는 다자연애 혹은 일처다부제를 다룬 소설로 제목부터 이미 작가가 보여 주고자 하는 갈등을 잘 함축하고 있다.

피츠 제럴드의『벤자민 버튼의 시간은 거꾸로 간다』는 일흔 살 노인의 외모로 태어나 시간이 지날수록 점점 젊어졌다가 마지막에 태아가 되어 생을 마감하는 남자의 이야기이다. 정상적으로 성장하는 한 여자와 젊은 날 한순간 짧은 사랑을 하는 남자, 제목에서 이미 시간의 환상성을 생각하게 만든다.

– 서술적인 작품 제목을 찾아 적어 보자.

2) 명령문 제목: 박성원『나를 훔쳐라』

　　　　　　신중선『네가 누구인지 말해』

　　박성원의 『나를 훔쳐라』는 여러 단편을 묶은 창작집의 제목이다. 단편 소설「나를 훔쳐라」의 제목만 보면 아직은 훔쳐지지 않은 '나'가 어디 한번 훔쳐보라고 호기롭게 도전장을 내민 것처럼 보인다. 하지만 내용은 '나'를 이미 도둑맞은 상태여서 어떻게 되찾아야 할지를 고민해야 한다.

　　신중선의 『네가 누구인지 말해』는 사람들에게 자신의 정체성을 묻는 소설 제목 같지만, 이것이 명령문이라는 점에서 특별한 뉘앙스를 띤다. 정체성이 강요되고 있다는 점에서 이미 주인공의 불운을 엿볼 수 있는 제목이다.

－ 명령문을 활용한 작품 제목을 찾아 적어 보자.

3) 의문문 제목: 박완서『그 많던 싱아는 누가 다 먹었을까』

　　　　　　스펜스 존슨『누가 내 치즈를 옮겼을까』

　박완서의『그 많던 싱아는 누가 다 먹었을까』는 의문문으로 된 제목인데, 무엇보다 싱아가 무엇인지 궁금하게 만든다. 싱아는 산이나 들에서 흔히 보던 식물로 어릴 때는 그냥 잘라 먹기도 하고, 삶아서 나물로 먹던 것이다. 그것을 누가 다 먹어 버렸냐는 질문은 그들이 자라던 시절이나 토양이 사라졌다는 의미이다. 아니, 싱아가 무엇인지 모르는 독자에게는 그 자체가 큰 호기심을 불러일으키는 제목이다.

　마찬가지로 스펜스 존슨의『누가 내 치즈를 옮겼을까』도 읽고 싶게 만드는 의문문의 효과를 살린 제목이다. 여기에서 책의 줄거리를 말하는 것보다 말하지 않는 편이 이 책을 더 읽고 싶게 만들 것 같아 그냥 두기로 한다.

- 의문문을 활용한 작품 제목을 찾아 적어 보자.

4. 기원문 제목: 이청준 『낮은 데로 임하소서』

이청준의 『낮은 데로 임하소서』는 제목을 통해 신앙 서적임을 쉽게 알 수 있다. 말씀을 잘 아는 그리스도인들과 달리, 일반 독자들에게는 높은 곳이 아니라 낮은 곳에 임하고자 하는 이유가 무엇인지 궁금하게 만든다.

\- 기원문을 활용한 작품 제목을 찾아 적어 보자.

소재와 주제를 혼동하지 마라

작품 주제가 무엇이냐고 물어보면, '외로운 인간'이라는 식의 대답을 들을 때가 있다. 이는 '아름다운 꽃'과 유사한 표현이다. 무슨 뜻이냐 하면, '아름다운 꽃'이나 '외로운 인간'은 누구나 아는 객관적인 사실이어서 소재에 가깝다. 주제는 자신의 판단이나 가치를 포함한 문장으로 표현하는 것이 좋다.

예1) 인간은 고슴도치처럼 외롭다.
예2) 인간은 양 떼처럼 외롭다.
예3) 마늘 같은 인간은 외롭다.

고슴도치는 스스로 가시를 드러내어 주변 사람들이 다가오지 못하게 하니 외롭다는 의미다.

반면에 양 떼는 항상 많은 이와 함께하면서 생각 없이 맹목적으로 따라가는 삶을 살기에 외롭다는 의미다.

마늘 같은 인간은 다른 이에게는 강한 면역을 선사하는 사람이지만, 자칫 냄새가 나서 기피당할 수 있는 사람이다. 사회의 면역력을 유지하는 예술가를 이처럼 표현할 수도 있다.

스토리와 플롯의 차이를 인식하라

　몇 사람으로 구성된 소그룹에 하나의 이야기를 만들어 보라고 하면 대부분 시간순으로 이야기가 이어지는데, 이처럼 시간순으로 사건을 배열한 것을 스토리라고 한다. 그 이후에 팀의 각자에게 이 스토리로 소설로 쓰게 하면 사건들의 순서가 뒤집어지고 없던 이야기가 슬며시 끼어들어 재구성되는데, 이를 플롯이라 한다. 사람마다 표현하려는 주제에 따라 사건들이 재구성되고 전혀 다른 작품이 탄생한다.

\- 스토리와 플롯의 차이는 무엇일까?

　1) 스토리는 (　　) 순으로 배열한 것이다.

　2) 플롯은 새로운 (　　)를 표현하기 위해 (　　)을 재구성한 것이다.

영감 가이드 281p

주인공에게 알맞는 시점의 안경을 선사하라

위의 사진은 운치 있는 한 전원주택의 정면을 찍은 것이다.

집의 뒷면은 어떤 모습일지 상상할 수 있을 뿐, 이 사진만으로는 알 수 없다. 하늘에서 바라본 집의 모습도 마찬가지다. 집 안에 들어가면 전혀 다른 모습일 수밖에 없다. 집의 설계도는 또 어떤가. 어디서 바라보느냐에 따라 집의 모습은 전혀 달라진다. 148p

시점은 영어로 'Point of view'이다. 즉 바라보는 지점이다.

인간이 어느 지점에 서서 상황과 사물을 바라보는가에 따라 다른 시야를 가질 수밖에 없다.

이처럼 시점에 따라 볼 수 있는 범위와 한계가 정해져 있다. 이를 정확하게 알지 못하면 소설 인물들에게 마지막에 도수가 맞지 않는 안경을 주게된다. 시점은 세상을 바라보는 눈이다. 정확한 도수를 갖지 않으면 세상을 제대로 보기가 어렵다. 영감은 흐릿하고 희미한 상태가 아니다. 도리어 명확하게 이해하라고 도와주는 에너지가 영감임을 알자.

내키는 대로 시점을 선택해서 소설을 쓴다면, 좋은 결과는 기대하지 말자. 소설 창작에서 가장 어려운 부분이 시점 훈련이다. ✏️ 하지만 이 책에서는 보다 쉽게 접근한다.

시점을 어떻게 결정할까

<u>1인칭 주인공 시점</u>과 <u>3인칭 선택적 시점</u> 중에 어떤 것을 선택할까?

한 사람의 내밀한 이야기를 다룰 때는 1인칭 시점을 선택하고, 사회적이고 객관적인 사건을 다루는 소설이라면 3인칭을 선택하는 것이 유리하다. 가령, 혼자 사기를 당한 경우와 집단으로 당한 경우가 있는데, 전자는 1인칭 주인공 시점이 유리하고, 후자는 그중 한 명을 화자로 선택하여 객관적 사실과 주관적인 시야를 동시에 표현하는 3인칭 선택적 시점을 사용하는 것이 좋다. ▶ 3인칭 선택적 시점은 3인칭 제한적 시점이라고도 한다.

<u>1인칭 관찰자 시점</u>과 <u>3인칭 관찰자 시점</u> 중에 어떤 것을 선택할까?

부 주인공이 주인공에 관해 이야기할 때 1인칭 관찰자 시점을 사용하고, 감정 없는 카메라 눈처럼 객관적인 눈으로 대상들을 바라볼 때 3인칭 관찰자 시점을 사용하면 좋다.

<u>작가 전지적 시점</u>은 언제 사용할까?

작가가 모든 것을 알고 있다는 뜻이다. 집의 풍경을 앞이나 뒤나 옆이나 위나 다 알고 있을 뿐만 아니라, 벽지 안의 콘크리트의 색깔까지 심지어 그 콘크리트를 만든 재료가 어느 바닷가에서 왔는지까지 다 알 수 있다고 여기면 된다. 역사소설이나 긴 시간이 소설 속에서 펼쳐질 경우 한 주인공의 눈으로 전부를 바라볼 수 없을 때 사용하면 좋다.

1인칭 주인공 시점을 얕보지 마라

습작생들은 1인칭 주인공 시점을 가볍게 여기는 경향이 있다. 자기 이야기처럼 자연스럽게 쓸 수 있다고 여기기 때문이다. 하지만 1인칭 주인공 시점의 함정은 작가와 주인공을 동일시하는 것이다. 일본 작가 오기와라 히로시의 『네 번째 빙하기』를 읽어 보자.

'나에게는 아버지가 없다.' 그것을 처음으로 깨달은 것은 네 살 때였다. 어머니와 함께 어떤 건물의 옥상으로 우주영웅 로봇 쇼를 보러갔을 때다. 그것은 나의 가장 오랜 기억이기도 하다. 아직 어릴 때라 장소에 대한 기억은 희미하다. 아마도 집에서 전차로 30분 정도 떨어진 백화점 옥상이었을 것이다. 그즈음 내가 살던 곳은 흥행몰이 데모가 있거나 무명 대중가수가 음반 가게를 방문하기만 해도 큰 소동이 일어나던 후줄근한 동네였고, 백화점은커녕 슈퍼마켓도 없었다.

네 살. 태어난 지 꼭 4년 9개월이 지났을 때다. 어떻게 정확히 기억하느냐 하면 그날 찍은 사진이 앨범에 남아 있기 때문이다. 그 이전의 사진은 아무리 들여다보아도 그때 내가 무엇을 보고 무엇을 했는지 도무지 기억할 수 없다.

수많은 사람의 등. 그것이 내 머릿속에 각인된 최초의 영상이다.

『네 번째 빙하기』 중에서

- 위의 글에서 1인칭 주인공 시점의 특징을 더 많은 번호를 매겨 가며 적어 보자. 영감 가이드 281p

1) '나'는 자신에 관한 이야기를 한다.
2) 자신의 속마음을 표현할 수 있다.
3) '나'는 나의 과거를 알고 미래를 꿈꿀 수 있다.

1인칭 주인공 시점이라고 해서 주어 '나'를 드러내놓고 사용하는 것은 아니다. 한국어의 특징이기도 하지만 생략을 통해 문학적 효과를 살릴 수 있다.

눈을 떴다. 새벽이었다. 몸이 물을 먹은 솜처럼 무거웠다. 지난밤 탈주범이 자수를 했다는 소식을 듣고 늦게야 잠이 들었다. 시계 초침이 몇 바퀴를 돌고 난 다음에야 출근을 서둘렀다. 겨울은 데이 근무가 힘든 계절이었다.

집을 나섰다. 일층 출입문 앞에 서자 자동개폐기의 문이 열리면서 알싸한 새벽공기가 온몸으로 다가들었다. 늦은 시각까지 드문드문 불이 켜져 있던 아파트 단지가 미명 속에 고요했다. 출입문 밖으로 나왔다. 담배연기를 피워 올리며 한 남자가 등을 보인 채 문 옆에 있었다. 보조등 불빛 속 남자의 검은 등짝이 꽤 우람해보였다. 남자를 지나쳐 서둘러 주차장으로 향했다. 남자의 시선이 등 뒤에 꽂혀있는 것 같아 걸음이 저절로 빨라졌다.

어둠이 그늘처럼 뒤덮인 주차장에 섰다. 늘 세우던 곳에 내 차가 보이지 않았다. 잠시 기억을 더듬어보았다.

「연소증후군」 중에서

최영희의 「연소증후군」은 '나'라는 1인칭 주인공 시점의 표지가 등장할 때까지 많은 문장을 읽어야 한다. 위의 소설처럼 세 번째 문단인 '내 차가 보이지 않는다.'에서 소유격이 처음 등장하고, 주격 '나'는 세 번째 페이지에 비로소 나타난다. 이 소설은 의도적으로 '나'의 생략이 많은데, 주제와 연결지어 보면 연소되어 더 이상 '나'를 느낄 수 없는 주인공을 문체로 표현한 것이라고도 볼 수 있다.

1인칭 소설이지만, 2인칭 시점으로 시작하는 김경욱의 단편소설 「위험한 독서」도 영감을 주는 흥미로운 작품이다. 다음 인용문은 소설의 첫 부분이다.

오늘 당신은 바쁘다. 당신의 안부를 궁금해하는 방문자들의 사교적인 글에 댓글 한 줄 남기지 못할 정도로 바쁘다. 어제도 당신은 바빴다. 한물간 배경음악을 바꿀 엄두도 내지 못할 만치 바빴다. 무엇 때문인지 그제도 당신은 바빴다. 당신의 근황을 짐작게 하는 사진 한 장 새로 올리지 못할 만큼 바빴다. 근거를 짐작할 수 없는 당신의 분주함은 사흘 전부터 시작되었다. 사흘 전이라면 중부지방에는 호우주의보가 남부지방에는 호우경보가 내려졌던 날이다. 천둥과 번개까지 동반한 퍼붓듯 쏟아지는 비였다. 장마가 시작된 것이다. 당신은 지금 어디서 무엇을 하고 있는가.

「위험한 독서」 중에서

첫 문단에서 시작된 2인칭은 길게 이어지는 두 번째 문단에서도 지속한다. 그래서 독자는 2인칭 소설인가 갸웃하면서 읽어나가게 된다. 하지만 세 번째 문단에서 주인공 '나'가 슬그머니 정체를 드러낸다.

책의 상태를 점검하기 위해 갈피를 조심스레 넘기다 붉은 얼룩을 발견했다. 사인펜이 비에 번진 것이었다. 나는 책에 밑줄을 긋지 않을뿐더러 당신에게 빌려주기 전까지만 해도 없었으니 당신이 만들어놓은 것이 분명했다.

「위험한 독서」중에서

1인칭 화자 '나'가 자신을 숨기고 혹은 거리를 두고 '당신'이나 '너'를 관찰하기 때문에 만들어진 시점이다. 이 경우는 1인칭 시점이라고 할 수 있다. '당신'을 관찰하는 1인칭 관찰자 시점처럼 보이지만, 소설을 읽어갈수록 1인칭 주인공으로 '나'의 본색이 드러난다. ⧉ 이 소설은 기존의 글쓰기 방식을 뒤집는 면이 있어 '위험'하고 또 많은 영감을 불러일으킨다.

1인칭 주인공 시점과 3인칭 선택적 시점은
어떻게 다른가

한 문예지의 '궁금했습니다'라는 난에 평소 남자가 좋아하는 시인 K씨의 수필이 실려 있었다. K씨의 글을 읽는 것은 근 이 년 만이었다. 글을 통해 K씨가 올해 초 서울 근교에 단층 목조주택을 짓고 삼십팔 년 동안의 서울생활에 종지부를 찍었다는 것을 알았다. 짤막한 분량의 글은 대부분 그곳에서의 일상에 관한 것이었다. 베란다에서 자칫 밟아 짓뭉개버릴 뻔한 달팽이가 사나흘쯤 뒤 거실 끝에 놓인 벤자민 화분 위를 기어오르고 있더라는 것이며, 마당으로 내려온 독사를 어쩔 수 없이 삽 끝으로 내리쳐야 했던 이야기며, 남자는 어느새 K씨의 글에 몰입해 있었다. K씨의 산문은 그의 시와는 또다른 매력이 있었다. 원색 화보란인 까닭에 글 사이사이 볕이 좋은 창가나 수국이 만발한 화단 앞에서 포즈를 취한 K씨의 크고 작은 사진이 함께 실려 있었다. K씨가 꿰고 있는 헐렁한 흰 고무신은 발등까지 뻘흙이 덕지덕지 묻어 있었다.

「무심결」 중에서

하성란의 「무심결」은 3인칭 선택적 시점을 이해하기에 모범이 되는 소설이다. '궁금했습니다'는 한동안 근황을 알 수 없었거나 독자들에게 호기심을 불러일으키는 문화계 인사를 찾아가는 난이다. 그 수필을 읽은 사람은 많겠지만, 이 수필에 대해 특별한 반응을 보인 '남자'가 화자로 선택되었다. 3인칭 선택적 시점이 '남자'에게 주어진 것이고, '남자'가 화자가 되어 이야기를 이끌어간다. 이때 그 이야기가 자신의 이야기라기보다 객관적인 다른 사건을 다룬 점에서 1인칭 주인공과 차이를 보인다. 같은 스토리에 1인칭 주인공 시점을 사용할 수도 있지만, 객관적인 시야와 주관적인 관찰의 두 가지 장점을 다 가진 3인칭 선택적 시점을 선택해 더 좋은 결과를 낳았다.

1인칭 관찰자 시점으로 주인공을 관찰하라

1인칭 관찰자 시점은 주인공을 관찰하는 부 주인공이 화자 역할을 한다. 한강의 「채식주의자」에서 관찰자는 평범한 아내와 결혼한 남편('나')인데, 아내가 육식을 거부하면서 점점 이해할 수 없는 여인처럼 변해가는 과정을 지켜본다. 아내의 변화를 지켜볼 수 있는 가장 유리한 위치에 남편이 있기에 선택된 관찰자이다.

> 아내가 채식을 시작하기 전까지 나는 그녀가 특별한 사람이라고 생각한 적이 없었다. 솔직히 말하자면, 아내를 처음 만났을 때 끌리지도 않았다. 크지도 작지도 않은 키, 길지도 짧지도 않은 단발머리, 각질이 일어난 노르스름한 피부, 외꺼풀 눈에 약간 튀어나온 광대뼈, 개성 있어 보이는 것을 두려워하는 듯한 무채색의 옷차림. 가장 단순한 디자인의 검은 구두를 신고 그녀는 내가 기다리는 테이블로 다가왔다. 빠르지도 느리지도, 힘있지도, 가냘프지도 않은 걸음걸이로.
>
> 「채식주의자」 중에서

관찰자 시점은 인간에게만 허용된 것이 아니다. 나쓰메 소세키의 『나는 고양이로소이다』처럼 동물이 인간들을 관찰하는 소설도 가능하다. 이때 고양이는 처음에 이해력이 부족해서 인간의 행동이나 말을 잘 이해하지 못하는 수준이지만, 소설이 진행됨에 따라 인간의 지혜나 언어를 배워서 그런지 점점 해학적이고 전지적 시점으로 변해가는 모습을 보여 준다.

어떻게 2인칭 소설이 가능한가

1인칭은 작품 내에서 주인공이나 화자의 서술이고, 3인칭은 작품 외부의 작가나 선택된 화자의 서술이다.

그렇다면 2인칭의 화자는 어디에 있을까?

> 당신은 수를 놓는다. 가로와 세로가 각각 두 뼘쯤 되는 인도산 얇은 모슬린 위다. 엄지와 인지에 힘을 주어 바늘을 천에 찌른 후 바깥으로 빼낸다. 우측 구멍으로 집어넣은 후 그보다 한 땀 아래 하단으로 빼낸다. 좌측 상단 바깥에서 안으로 통과시키면서 한 바느질이 끝난다. 계속해서 같은 동작을 반복하고 있다. 당신은 지금 묵어의 아랫배를 비워 내고 있는 참이다.
>
> 「수(繡)」 중에서

2002년 조선일보 신춘문예 당선작인 권정현의 「수(繡)」는 소설의 시작부터 끝까지 '당신'이 끌어가는 소설이다. 위의 작품은 화자가 소설 밖에 있는 것처럼 느껴져, 작가 전지적 시점과 별로 차이가 없어 보인다. 하지만 이를 1인칭과 3인칭으로 바꾸어 보면, 2인칭 화자가 어디에 있는지 짐작할 수 있다.

〈1인칭 주인공 시점〉

　　나는 수를 놓는다. 가로와 세로가 각각 두 뼘쯤 되는 인도산 얇은 모슬린 위다. 엄지와 인지에 힘을 주어 바늘을 천에 찌른 후 바깥으로 빼낸다. 우측 구멍으로 집어넣은 후 그보다 한 땀 아래 하단으로 빼낸다. 좌측 상단 바깥에서 안으로 통과시키면서 한 바느질이 끝난다. 계속해서 같은 동작을 반복하고 있다. 나는 지금 목어의 아랫배를 비워 내고 있는 참이다.

〈3인칭 선택적 시점〉

　　그녀는 수를 놓는다. 가로와 세로가 각각 두 뼘쯤 되는 인도산 얇은 모슬린 위다. 엄지와 인지에 힘을 주어 바늘을 천에 찌른 후 바깥으로 빼낸다. 우측 구멍으로 집어넣은 후 그보다 한 땀 아래 하단으로 빼낸다. 좌측 상단 바깥에서 안으로 통과시키면서 한 바느질이 끝난다. 계속해서 같은 동작을 반복하고 있다. 그녀는 지금 목어의 아랫배를 비워 내고 있는 참이다.

　　1인칭 주인공 시점은 '나'가 소설 안에서 기술하는 것이고, 3인칭은 바깥의 화자가 기술하는 것이라면, 2인칭은 소설 바깥의 화자가 소설 주인공에게 혹은 독자에게 직접 기술하기에 소설의 안과 밖의 경계를 깨는 효과가 있다. ✏️ 또한, 소설 전체를 통해 2인칭 '당신'을 되풀이하면, 글쓰기의 리듬이 달라지므로 또 다른 의미 작용이 발생한다. 인칭의 변화가 글쓰기의 특질과 어떻게 연결되는지를 보고 싶다면, '10장 글쓰기의 리듬과 춤추라'를 이어서 보자. 253p

2인칭 시점으로 산 자와 죽은 자의 경계를 흔들어라

2007년도 조선일보 신춘문예 소설 당선작인 류진(김규나)의 「칼」은 2인 칭으로 쓰인 소설이다. 2인칭 '당신'을 선택한 의도가 글을 읽어 나가면서 뚜렷하게 드러난다.

당신은 이런 모습으로 그녀 앞에 서게 될 줄은 몰랐다. 아니, 당신은 서 있지 않고 누워 있다. 예상치 못한 오늘의 만남이 난감하고 당혹스러운 건 그녀보다 당신이 더할지도 몰랐다. 하지만 당신도 그녀도 처음에는 서로를 알아보지 못했다. 당신이 먼저 방에 들어와 있었다. 누군가 당신을 이 방에 밀어놓고 나갔다. 아무리 최신식 설비를 갖추었다고는 하지만 스테인리스 일색의 기구들이 반사시키는 형광등의 차가운 빛과 방 구석구석 배어버린 퀴 퀴한 냄새, 음습한 공기는 그러잖아도 뻣뻣하게 경직되어 있는 당신의 속을 다시 한 번 뒤 집어놓는 듯했다. 사실 당신은 이곳으로 옮겨진 것부터가 맘에 들지 않았다. 당신은 그저 조용히 쉬고 싶을 뿐이었다.

잠시 후 클립보드를 들고 방으로 들어온 그녀가 당신이 누운 간이침대 옆에 멈춰 서서 의뢰서를 뒤적였다. 그녀는 지루하다는 듯 옆 테이블 위에 클립보드를 가볍게 던져놓고 아 무렇지도 않게 당신의 얼굴 위에 덮여 있는 하얀 시트를 걷었다. 그녀의 덤덤한 눈동자에 당신의 얼굴이 찍힌 순간 당신의 꼭 감긴 두 눈 속으로도 그녀의 얼굴이 동시에 날아 들어 왔다. 그녀는 고개를 갸웃거린 다음 조금 전 테이블 위에 놓아둔 부검 의뢰서를 다시 집어 들었다. 이름을 확인했지만 여전히 당신이 누군지 모르겠다는 표정을 지었다. 쉽게 떠오르 지 않을 뿐, 어디선가 마주쳤던 사람이라는 생각이 들었던지 그녀는 혈색이라곤 전혀 찾아 볼 수 없는 당신의 얼굴을 찬찬히 뜯어보기 시작했다. 머리카락 한 올 흘러내리지 않도록 꼼꼼하게 틀어 올린 머리에 녹색 가운을 입은 그녀는 하얀 마스크로 얼굴을 반쯤 가리고 있 었다. 하지만 당신은 그녀가 누군지 금방 알았다. 금발에 가깝도록 밝게 염색한 머리색과 갈색 눈동자, 깜빡일 때마다 파르르 떨리는 긴 속눈썹, 꼬리 부분에서 반듯한 각도로 꺾인 진한 눈썹, 찡그릴 때 잡히던 눈썹과 눈썹 사이의 귀여운 주름. 그녀도 당신을 알아보았다. 당신임을 확인하는 순간. 그녀는 당신이 내뿜은 자기저항에 밀쳐진 것처럼 뒷걸음질쳤다. 그녀의 갈색 동공은 놀라움으로 확대되었고 마스크 안에서 벌어진 입은 쉽게 다물어지지 않았다.

「칼」중에서

이 소설에 사용된 2인칭의 효과를 제대로 이해하기 위해서는, '당신'과 '그녀' 사이에 무슨 일이 있었는지를 먼저 이해해야 한다. 클럽에서 우연히 만나 몸을 섞고 서로 말없이 사라진 남녀가 부검실에서 다시 만났다. '당신'은 부검을 받아야 하는 시체로, '그녀'는 부검을 하는 의사로 말이다. '남자'나 'K'로 설정했을 때보다 '당신'이라는 인칭을 설정했을 때 '그녀'가 느낄 놀라움이나 심리적 부담은 한층 가중될 수밖에 없다. 당신이라는 표현은 하룻밤을 보낸 내밀한 관계를 설명하기에도 유리하고, '그녀'가 상대방과 무관하다고 주장할 수 없게 만드는 전략이기 때문이다. 이 놀라운 재회 앞에서 독자들도 현장감을 벗어날 수 없다. '당신'이라는 표현은 그것을 읽는 사람에게 제삼자의 일이 아니라 자신과 연결된 것처럼 관계를 환기하기 때문이다.

- 2인칭 시점을 사용하여 나타난 문학적 효과를 더 적어 보자.

2인칭은 소설 속 인물만을 호칭할까

한강의 『소년이 온다』는 2인칭 '너'로 시작된다. 1장에서 '너'는 1980년 광주항쟁 당시 계엄군의 총에 죽은 15세의 동호를 지칭한다.

> 정말 비가 쏟아지겠어.
>
> 강당을 나와 숨을 깊게 들이마시며 너는 생각한다. 더 깨끗한 공기를 마시고 싶어 뒤뜰을 향해 걸어가다가, 너무 멀어져선 안된다는 생각에 건물 모퉁이에서 멈춘다. 마이크를 쥔 젊은 남자의 목소리가 들린다.
>
> 저들이 시키는 대로 무조건 무기를 돌려주고 항복할 순 없습니다. 저들이 먼저 우리 시민들의 시신을 돌려줘야 합니다. 끌고 간 시민 수백명도 풀어줘야 합니다. 무엇보다 여기서 일어난 일들의 진상을 밝혀서, 우리 명예를 회복시킨다는 약속을 받아내야 합니다. 그런 다음 총기를 반납하는 게 옳지 않겠습니까, 여러분.
>
> 『소년이 온다』 중에서

2장은 동호의 친구인 정대가 1인칭 주인공 시점의 유령 화자로 당시의 일을 떠올린다.

3~6장은 3인칭 선택적 시점으로 광주항쟁에 대한 증언과 동호에 대한 기억들이 이어진다. 그런데 에필로그까지 읽다 보면, 왜 작가가 제목을 '소년이 온다'라는 현재형을 사용했는지 생각하게 만든다. 1장에서 동호를 부르던 '너'는 소설 속에서 증언했던 사람들뿐만 아니라 소설 바깥의 독자들에게도 소년이 되어 다가오기 때문이다. 그 사건은 종지부가 찍힌 과거의 사건이 아니라 여전히 진행되고 있는, "여기서 일어난 일들의 진상을 밝혀"

야 한다는 현재의 이야기로 바뀐다. 그래서 소설 속 '너'는 소설 밖의 '당신'으로 시선이 바뀐다.

> 이제 당신이 나를 이끌고 가기를 바랍니다. 당신이 나를 밝은 쪽으로, 빛이 비치는 쪽으로, 꽃이 핀 쪽으로 끌고 가기를 바랍니다.

> 목이 길고 옷이 얇은 소년이 무덤 사이 눈 덮인 길을 걷고 있다. 소년이 앞서 나아가는 대로 나는 따라 걷는다. 도심과 달리 이속엔 아직 눈이 녹지 않았다. 얼어 있던 눈 더미가 하늘색 체육복 바지 밑단을 적시며 소녀의 발목에 스민다. 그는 차가워하며 문득 고개를 돌린다. 나를 향해 눈으로 웃는다.

> 『소년이 온다』 중에서

\- 위 인용문에서 '당신'은 누구이며, '너'가 '당신'으로 변한 문학적 효과는 무엇인가? 사유

전지적 작가 시점은 언제 어떻게 사용할까

소설 창작에 있어 전지적 작가 시점이 점점 줄어들고 있다. 우리 사회에서 작가의 위치가 전지적일 수 없기 때문이기도 하고, 현대 소설이 다루는 스토리들이 전지적 작가 시점을 쓰기에 유리하지 않기 때문일 수도 있다.

반면, 역사소설처럼 긴 역사적 시간과 다양한 공간들을 설정할 때는 전지적 작가 시점이 유리하다. 김다은의 장편소설 『손의 왕관』의 프롤로그를 살펴보자.

하루의 마지막 빛줄기가 사랑채로 부드럽게 스며들었다.

벽에서 천장까지 글자로 통도배가 된 방은 빛의 조화를 따라 날쌘 들짐승 털 위에서 꿈틀거리는 무늬처럼 살아 움직였다. 박 영감은 벽의 긴 등뼈에 펼쳐진 글자가 아름다워 눈을 뗄 수가 없었다. 이 벽지들을 그때 전부 불태워 버렸다면 어땠을까. 종이가 아까워서 일부 남겼다고 말하곤 했지만, 이렇게 사사로이 쓰려고 했던 것은 아니었다. 그 정도의 욕심으로 관가의 명령을 어겼다면 큰 부를 착복했을 것이다.

병인년에 대동강에 출현한 상선(商船)은 돛을 세 개나 높이 단 어마어마한 크기의 배였다. 애초에 전투함으로 구축되었던 배는 물건을 사고파는 상선으로 용도가 바뀌었다 해도 위협적일 수밖에 없었다. 더구나 이 땅을 밟는 외지인은 무조건 죽이라는 '쇄국'을 하던 때라 관은 입항을 허가하지 않았다. 평양성의 공식 의사를 무시하고 배는 대동강 쑥섬까지 들어왔다. 무력충돌이 불가피했다. 조선 병사가 인질로 잡히거나 죽었다. 분노한 평양 시민들과 군사들이 썰물로 모래톱에 발이 묶여 옴짝달싹 못하는 배를 공격했다. 하얀 꼬부랑글자가 박힌 배는 검은 연기를 뿜으며 타들어갔다. 승선자들은 물에 뛰어들 수밖에 없었다. 뭍으로 나올 수밖에 없었던 그들은 뭍에 발을 디디는 대로 모조리 생포했다.

『손의 왕관』 중에서

전지적 시점은 전지(전능)한 신처럼 작가가 글을 끌고 가는 시점이다. 등장인물의 과거나 속마음 심지어 미래까지 다 알고 표현하며, 그들의 생각이나 행동을 객관적으로 전달하지만 해석을 달거나 비판을 할 수도 있다. 게다가 갑자기 독자에게 말을 걸거나 의견을 묻는 등 무엇이건 가능하다.

시간과 공간을 자유롭게 이동하는 전지적 시점은 『손의 왕관』처럼 역사 소설에 사용하면 더욱 효과를 볼 수 있다. 전지적 작가 시점으로 프롤로그를 시작하지만, 이어 1인칭 주인공 시점과 3인칭 선택적 시점들이 교대로 나온다. 다르게 표현하면 『손의 왕관』의 시공간은 현대이지만, 현대의 시각에서 과거를 재조명할 때 전지적 시점을 이용하여 자유롭게 시대를 뛰어넘는 전략을 펼친 것이다.

두 시점을 동시에 사용할 수 있을까

두 시점을 동시에 사용한다는 것은 뒤섞는다는 의미가 아니다. 앞서 본 147p 전원주택의 앞과 뒤와 안을 다 보았더라도 서로 혼재될 수 없듯이, 차례대로 기술하여 합칠 수 있을 뿐이다.

다음은 김영하의 「호출」에 사용된 두 시점이다. 소설은 번호와 함께 세 부분으로 나뉘어 있는데 1인칭 주인공 시점(1.호출하는 자), 3인칭 선택적 시점(2.호출되는 자), 1인칭 주인공 시점(3.호출은 없다)으로 연결된다.

1. 호출하는 자

호출을 해 봐?

나는 수화기를 들었다가. 그리곤 몇 개쯤 버튼을 누르다가 다시 수화기를 내려놓았다. 지금은 좀 곤란하다. 아마도 지금쯤이면 그녀는 잠들어 있을 때이고, 그러니 내 호출을 그리 달가워하지 않을 것이다.

「호출」 중에서

2. 호출되는 자

생리가 시작될 조짐이었다. 머리가 묵지근하게 아파 오면서 운신하는 일이 짜증스럽게 느껴졌다. 아마도 내일모레쯤이면 생리가 시작될 것 같았다. 그 예감이 끔찍해서 아예 자궁을 적출해 버릴까, 하고 생각하는 것도 늘 이 무렵이다.

그녀는 캐시밀론 이불을 아무렇게나 밀어버리고는 자리에서 일어나 방문을 열고 부엌으로 나갔다. 11평짜리 아파트의 부엌은 늘 어둡다. 창이 작기 때문이다. 그녀는 콘프레이크를 꺼내 우유에 타서 먹는다. 이 음식은 저지방이기 때문에 몸매를 유지하는 데 좋다.

「호출」 중에서

3. 호출은 없다

어디선가, 삐삐삐삐, 요란한 수신음이 들려온다. 나는 그제야 놀라서 허둥댄다. 방안 여기저기를 헤집다가 결국 점퍼의 속주머니에서 그 소음의 원천을 찾아낸다. 검고 뭉툭한 그 보급형 삐삐를 말이다. 액정판에는 내 전화번호만이 쓸쓸하게 메아리치고 있는 이 삐삐, 결국, 내가 가지고 있었구나.

언제나 그랬듯이 이번에도 마지막 순간에 돌아선 모양이다. 만약 그녀에게 정말로 삐삐를 주었더라면 어떤 일이 벌어졌을까? 어쨌든 일상은 지루하지만 상상은 멋지다. 진동으로 맞춰져 있습니다? 흐흐. 나는 웃는다. 내 웃음이 작은 아파트 구석구석에 스며든다.

「호출」 중에서

\- 3인칭 선택적 시점으로 '2. 호출되는 자'를 쓴 이유와 문학적 효과는 무엇일까? 사유

소설의 시제는 왜 유연해야 할까

소설의 시제는 시간 개념이지만 공간과도 연결되어 있기에 서술에 있어서 매우 중요하다. 과거형과 현재형과 미래형이 있는데, 어떻게 조합하느냐에 따라 다양한 층위를 만들어낸다.

한 작품에 한 가지 시제만 사용할 수도 있고, 섞어 사용할 수도 있다. 이전에는 과거형을 선호했지만, 최근 젊은 작가들은 현재형을 많이 사용한다. 어떻게 시제를 섞어 쓰느냐에 따라 문체가 결정되므로 영감의 글쓰기를 위해 기본적인 개념을 제대로 습득할 필요가 있다. 아래 도표는 설명을 위해 임의로 설정한 것이므로 변형이 가능하다.

소설의 기본 시제와 변형

	과거	현재	미래
기본형	과거형	과거형	과거형
변형 1	과거형	현재형	미래형
변형 2	현재형	과거형	자유형

1. 기본형

소설의 기본 시제는 과거형이다.

현재 밥을 먹고 있으면서 과거형으로 기술할 수 있다.
예) 누나와 밥을 먹었다.

과거에 밥을 먹은 사실도 과거형으로 기술할 수 있다.
예) 어제도 나는 콩밥을 먹었다.

미래도 과거형으로 기술할 수 있다.
예) 내일은 밥을 먹을 수 있었다.

그러므로 소설 전체를 과거형으로 기술할 수 있다.

2. 변형 1

과거는 과거형으로, 현재는 현재형으로 표현하는 경우다. 최근 자연스럽게 현재형과 과거형을 섞어 사용하는 경향이 있다.
예) 아침을 많이 먹었더니, 지금 배가 고프지 않다.

3. 변형 2

현재는 과거형으로 기술하고, 과거는 현재형으로 묘사하는 식이다. 작정하고 문학적 효과를 노린 경우인데, 하성란의 「자전소설」에서 좋은 예를 볼 수 있다.

비포장도로가 끊어지고 곧바로 언덕길이 나타났다. 그 언덕길은 기억 속에서처럼 햇빛을 받아 살얼음이 낀 개천처럼 반짝이고 있었는데, 언덕길 초입에 있던 집 몇 채는 이미 허물어진 채였다. 포클레인 날 자국이 선명한 깊은 구덩이가 패어 있다.

백 미터 남짓한 길이의 언덕길 저 너머로부터 휘파람 소리가 먼저 날아온다. 조금 뒤에야 휘파람을 분 소년의 이마가 보이기 시작하고 잠시 후면 언덕 꼭대기 위로 힘차게 페달을 굴려 달려온 소년의 모습이 온전히 드러난다. 언덕길을 올라오는 내내 쉬지 않고 페달을 밟아야 했으므로 온몸은 땀에 흠뻑 젖었다. 언덕길에 올라선 후부터는 페달에 그냥 발만 얹고 있으면 된다. 가속도가 붙으면서 자전거의 안장이 스프링에서 떨어져 나갈 것처럼 들썩거리고 소년은 휘파람 대신 소리를 질러댄다. 비켜요! 저리 비켜요! 다쳐도 책임 안 져요! 자전거의 요령은 떨어져 나간 지 오래다.

「자전소설」 중에서

하성란의 「자전소설」의 두 문단 중에서 첫 문단은 소설 속 현재인데 과거형을 사용한 데 반해, 두 번째 문단은 과거 사실을 회상한 장면인데 현재형을 사용했다. 청개구리같이 시제를 사용한 이유는 과거가 현재보다 더 생생하기 때문이다. 주인공의 심리적인 흐름을 따라갔을 뿐만 아니라 메타픽션적인 요소까지 포함하고 있어 시제로 서술의 여러 층을 만든 영감의 글쓰기라고 할 수 있다.

게다가 이 장면은 「자전소설」의 주인공이 쓴 작품 『바람의 자식들』의 첫 부분이기도 하다. 주인공의 과거 회상 장면이자, 언덕길에서 달려 내려오는 소년의 고함부터 시작되는 소설의 첫 부분이 오버랩되는 부분이다. 이처럼 소설의 시제가 유연해야 하는 이유는 비록 픽션이라도 현실보다 더 생생한 현실성을 전달해야 하기 때문이다.

- 과거를 현재형으로 쓰거나 현재를 과거형으로 쓴 소설을 찾아서 적어 보자.

과거와 현재를 '연결'하지 마라

박완서의 장편소설『그 많던 싱아는 누가 다 먹었을까』는 싱아처럼 사라져가는 어린 시절을 붙잡아 두려는 작가의 자전적인 글쓰기이다. 그러므로 현재와 과거를 제대로 섞어 쓰는 것이 주요한 작업이었을 것이다. 다음은 소설의 첫 부분이다.

늘 코를 흘리고 다녔다. 콧물이 아니라 누렇고 차진 코여서 훌쩍거려도 잘 들어가지 않았다. 나만 아니라 그때 아이들은 다들 그랬다. 어른들이 아이들을 싸잡아서 코흘리개라고 부른 것만 봐도 알 수가 있다. 여북해야 내가 엄마가 되고 나서 내 아이들에 대해 제일 이상하게 생각한 것은, 감기가 들지 않고는 절대로 코를 안 흘린다는 것이었다. 우리 아이들뿐 아니라 딴 아이도 안 흘렸다. 그래서 학교나 유치원갈 때 가슴에 손수건 매다는 습관까지 없어져 버렸다. 나도 이제는 요즘 아이들이 코를 안 흘리는 걸 이상해하는 대신 그땐 왜 그렇게 코를 흘렸는지를 이상하게 여기게 되었다.

종이나 헝겊이 귀했다. 손수건 같은 게 이 세상에 있다는 것도 몰랐다. 코가 흘러서 입으로 들어갈 때쯤 되면 소매로 쓱 씻었다. 그래서 한겨울을 나고 나면 소맷부리에 고약이 엉겨붙은 것처럼 새카만 더께가 앉았다. 둥덩산같이 솜을 둔 저고리 하나면 겨울을 났다. 엄마가 동정을 갈아줄 때마다 소맷부리의 더께도 쓱쓱 비벼서 털어 내주기만도 그러했다. 아랫도리는 솜바지 위에다 어깨허리가 달린 통치마를 입었다. 옷감은 무명에다 울긋불긋 물을 들여 풀을 먹여 반들반들하게 다듬이질한 것이었다.

『그 많던 싱아는 누가 다 먹었을까』 중에서

첫 두 문장만으로는 현재 이야기인지 과거 이야기인지 알 수가 없다. 더구나 누가 그렇다는 것인지도 알 수 없다. 그다음 "나만 아니라 그때 아이들은 다들 그랬다"라는 세 번째 문장에서 앞의 두 문장이 어린 시절의 이야기임을 알게 해 준다. 그리고 현재 관점에서 과거와의 비교가 문단 끝까지 이어진다.

두 번째 문단에서도 마찬가지이다. "종이나 헝겊이 귀했다."는 과거 이야기를 과거형으로 표현한 것이다. "손수건 같은 게 이 세상에 있다는 것도 몰랐다."는 현재에서 과거 이야기를 기술하고 있음을 알려 준다. "코가 흘러서 입으로 들어갈 때쯤 되면 소매로 쓱 씻었다."부터는 과거 이야기를 계속하지만, '현재'에서 이야기하고 있음을 독자들은 눈치챌 수 있다. 소설에서 과거와 현재를 '연결'하려고 하지 않고, 현재에서 과거를 새롭게 바라보는 눈을 가져야 한다. 이로써 현재에서 과거를 보는 역사성 혹은 현대성과도 연결될 수 있다.

하성란의 「자전소설」은 현재에서 과거를 기술하는 데 영감을 주는 작품이다.

언덕길로 올라서면서 차의 보닛과 운전석에 앉은 내 몸의 각도가 구십 도 이상으로 벌어졌다. 가파른 언덕길을 오를 때면 자동 기어변속 장치도 별 소용이 없다. 엑셀이 차바닥에 닿도록 힘껏 밟고 있지만 속도를 받지 않는다. 겨울이면 이 언덕길은 빙판길이 되었다. 넘어지지 않으려고 엉덩이를 빼고 엉거주춤 발을 떼던 사람들의 모습이 생생하다. 위의 누군가가 미끄러지면 그 아래를 걸어내려가던 사람들 몇이 덩달아 넘어지고 말았다. 넘어진 사람들은 일어서지도 못한 채 언덕 아래까지 미끄러져 내려갔다. 언덕 길가에 있던 집에서 조심성 없이 던지는 연탄재도 잘 피해야 했다. 쌓인 눈과 범벅이 된 연탄재 가루는 눈이 다 녹은 후에도 날아다녔다.

언덕 마루에 도달하자 발아래로 펼쳐진 동네가 한눈에 들어왔다. 기억 속에서 보다 더 낡은 것도 더 새로워진 것도 없이 그곳을 떠나던 그날 그대로인 듯했다. 공사장 먼지는 이곳까지 날아와 지붕과 창틀에 수북이 쌓였다. 하늘과 지붕 사이를 E처럼 두른 것이 배수 펌프장이다. 장마가 물러간 지금 펌프장 곳곳에는 무릎 높이로 자란 잡풀이 무성했다. 장마철이면 고지대에서 흘러내린 빗물이 축구장 세 배 크기의 펌프장 가득 고이곤 했다. 구청에서 해박은 축구 골대가 상습적으로 물에 잠겼다. 축구 골대는 더께로 붉은 녹이 슬면서 조금씩 삭아갔다. 빗물은 우기가 지난 뒤에도 한참 고여 있다가 더러는 공지천으로 흘러나가고 더러는 땅 밑으로 스며들었다. 물이 고인 동안에는 부화한 장구벌레들이 펌프장 가득 득시글댔다. 물이 빠지고 난 뒤에는 악취가 날아들었다. 습도가 높아 축축한 날이면 악취도 물기를 머금고 땅으로 낮게 낮게 가라앉아 커다란 대접 같던 이곳에 고여 있었다. 배수 펌프장을 어디로 더 옮기기 전까지는 아무리 기다려도 투자 가치는 높아질 수 없을 거라던 어머니의 판단이 옳았는지도 잘 모르겠다. 어머니는 새로 지어 올린 이층짜리 건물을 본전치기로 넘기고 미련 없이 이곳을 떴다.

「자전소설」 중에서

첫 문단은 현재 속에서 과거가 어떻게 표현되었는지 살펴볼 수 있다.

> 언덕길로 올라서면서 차의 보닛과 운전석에 앉은 내 몸의 각도가 구십 도 이상으로 벌어졌다. 가파른 언덕길을 오를 때면 자동 기어변속 장치도 별 소용이 없다. 엑셀이 차바닥에 닿도록 힘껏 밟고 있지만 속도를 받지 않는다. **겨울이면 이 언덕길은 빙판길이 되었다.** 넘어지지 않으려고 엉덩이를 빼고 엉거주춤 발을 떼던 사람들의 모습이 생생하다. **위의 누군가**가 미끄러지면 그 아래를 걸어내려가던 사람들 몇이 덩달아 넘어지고 말았다. **넘어진 사람들은** 일어서지도 못한 채 언덕 아래까지 미끄러져 내려갔다. **언덕 길가에 있던 집에서 조심성 없이 던지는 연탄재도** 잘 피해야 했다. 쌓인 눈과 범벅이 된 연탄재 가루는 눈이 다 녹은 후에도 날아다녔다.
>
> 「자전소설」 중에서

이때 과거의 회상 장면은 "겨울이면 이 언덕길은 빙판길이 되었다."부터이다. 과거 속 인물들은 특정 인물이 아니라 익명의 다수로 설명되었다. "위의 누군가" "걸어 내려가던 사람들 몇이" "넘어진 사람들은" 그리고 "언덕 길가에 있던 집에서 조심성 없이 던지는 연탄재도"가 현재와 과거를 연결하려는 인위적인 접속사 없이도 과거의 생생함을 표현한다.

두 번째 문단은 과거와 현재가 혼재해 보이지만, 실은 현재에서 과거를 떠올리는 장면이다. 이런 글쓰기의 묘미는 과거를 뚝 잘라 현재에 붙이는 것이 아니라 과거를 영화 보듯 동시에 현존하게 하는 점이다.

언덕 마루에 도달하자 발아래로 펼쳐진 동네가 한눈에 들어왔다. 기억 속에서보다 더 낡은 것도 더 새로워진 것도 없이 그곳을 떠나던 그날 그대로인 듯했다. ①공사장 먼지는 이곳까지 날아와 지붕과 창틀에 수북이 쌓였다. 하늘과 지붕 사이를 E처럼 두른 것이 배수 펌프장이다. 장마가 물러간 지금 펌프장 곳곳에는 무릎 높이로 자란 잡풀이 무성했다. ②장마철이면 고지대에서 흘러내린 빗물이 축구장 세 배 크기의 펌프장 가득 고이곤 했다. ③구청에서 해박은 축구 골대가 상습적으로 물에 잠겼다. 축구 골대는 더께로 붉은 녹이 슬면서 조금씩 삭아갔다. ④빗물은 우기가 지난 뒤에도 한참 고여 있다가 더러는 공지천으로 흘러나가고 더러는 땅 밑으로 스며들었다. ⑤물이 고인 동안에는 부화한 장구벌레들이 펌프장 가득 득시글댔다. 물이 빠지고 난 뒤에는 악취가 날아들었다. ⑥습도가 높아 축축한 날이면 악취도 물기를 머금고 땅으로 낮게 낮게 가라앉아 커다란 대접 같던 이곳에 고여 있었다. 배수 펌프장을 어디로 더 옮기기 전까지는 아무리 기다려도 투자 가치는 높아질 수 없을 거라던 어머니의 판단이 옳았는지도 잘 모르겠다. ⑦어머니는 새로 지어 올린 이층짜리 건물을 본전치기로 넘기고 미련 없이 이곳을 떴다.

「자전소설」 중에서

현재에서 과거의 회상임을 알게 하는 문구를 발견할 수 있다.

① 주인공이 현재 자동차 안에 있기에 지붕과 창틀의 먼지는 과거를 떠올린 것처럼 보인다. 앞 문장과 연결해서 보면, 마찬가지로 현재도 지붕과 창틀에 먼지가 쌓여 있다는 뜻으로 해석해도 좋다.

② "장마철이면"과 "고이곤 했다"가 과거임을 보여 준다.

③ "상습적으로"가 과거임을 알려 준다.

④ "더러는"이 과거임을 알려 준다.

⑤ "물이 고인 동안에는"이 과거의 한 기간임을 알려 준다.

⑥ "습도가 높아 축축한 날이면"이 과거임을 알려 준다.

⑦ "본전치기로 넘기고 미련 없이 이곳을 떴다"라는 과거의 사건이 과거형으로 표현되었다.

앞서 본 문단들이 문장과 문장 사이의 관계를 이용하여 현재 속의 과거를 표현했다면, 다음 문단은 한 문장 안에서 현재와 과거가 공존하는 방식이다.

> 새로 단장한 관공서들과 한국에 있는 은행이란 은행은 죄다 모아놓은 듯한 거리, 패스트푸드점을 끼고 드높게 올라간 고층 건물들 아래서자 조금은 헤맬 요량으로 몇 십 분 여유를 둔 것이 다행이란 생각이 들었다. ①그 애가 소상히 이야기해준 대로 번화가 사이를 비집고 주택가 쪽으로 차머리를 들이밀었다. ②자동차 한 대가 간신히 드나들던 구불구불하고 지저분한 골목길을 예상했었는데, 웬걸 현관 앞까지 차를 댈 수 있는 포장도로가 바둑판 모양으로 나 있었다. ③다닥다닥 붙어 일조권은커녕 바람도 잘 들지 않던 단층 가옥들 대신 고층 아파트 단지와 빌라촌이 자리 잡았다.
>
> 「자전소설」 중에서

① "그 애가 소상히 이야기해 준 대로"는 과거이고, "번화가 사이를 비집고 주택가 쪽으로 차머리를 들이밀었다."는 현재이다.

② "자동차 한 대가 간신히 드나들던 구불구불하고 지저분한 골목길을 예상했었는데"는 과거이고, "웬걸 현관 앞까지 차를 댈 수 있는 포장도로가 바둑판 모양으로 나 있었다"는 현재이다.

③ "다닥다닥 붙어 일조권은커녕 바람도 잘 들지 않던 단층 가옥들 대신"은 과거이고, "고층 아파트 단지와 빌라촌이 자리 잡았다"는 현재이다.

작가의 책 가이드

· 권비영, 『덕혜옹주』 다산책방, 2020

· 권정현, 「수(繡)」 『신춘문예 당선소설작품집(2002)』, 프레스21, 2002

· 김경욱, 「위험한 독서」 『위험한 독서』, 문학동네, 2008

· 김다은, 『금지된 정원』, 은행나무, 2015

· 김다은, 『바르샤바의 열한 번째 의자』, 작가, 2016

· 김다은, 『손의 왕관』, 은행나무, 2020

· 김다은, 「위험한 상상」 『위험한 상상』, 이룸, 2000

· 김별아, 『미실』, 문이당, 2005

· 김영하, 「오빠가 돌아왔다」 『오빠가 돌아왔다』, 창작과비평사, 2004

· 김영하, 「호출」 『호출』, 문학동네, 2010

· 김형경, 『새들은 제 이름을 부르며 운다』, 민예당, 1993

· 류진, 「칼」 『신춘문예 당선작품집(2007)』, 한국소설가협회, 2007

· 박민규, 「아침의 문」 『2010 이상문학상 작품집』, 문학사상, 2010

· 박성원, 『나를 훔쳐라』, 문학과지성사, 2000

· 박완서, 『그 많던 싱아는 누가 다 먹었을까』, 웅진지식하우스, 2002

· 박현욱, 『아내가 결혼했다』, 문이당, 2006

· 신중선, 『네가 누구인지 말해』, 문이당, 2015

· 양귀자, 『나는 소망한다 내게 금지된 것을』, 쓰다, 2019

· 오현종, 『달고 차가운』 민음사, 2017

· 이문열, 「우리들의 일그러진 영웅」 『1987 이상문학상작품집』, 문학사상사, 1999

· 이문열, 「타오르는 추억」 『이문열중단편집(하)』, 열린책들, 1998

· 이청준, 『낮은 데로 임하소서』, 문학과지성사, 2013

· 전경린, 『황진이』, 이룸, 2004

· 정이현, 『달콤한 나의 도시』, 문학과지성사, 2013

· 조남주, 『82년생 김지영』, 민음사, 2016

· 최영희, 「연소증후군」『신춘문예 당선소설집(2017)』, 한국소설가협회, 2017

· 최인호, 『황진이』, 문학동네, 2002

· 하성란, 「무심결」『웨하스』, 문학동네, 2006

· 하성란, 「자전소설」『웨하스』, 문학동네, 2006

· 하성란, 『푸른 수염의 첫 번째 아내』, 창작과비평사, 2014

· 한강, 『소년이 온다』, 창작과비평사, 2020

· 한강, 「채식주의자」『채식주의자』, 창작과비평사, 2007

· 구라치 준, 김윤수 역, 『두부 모서리에 머리를 부딪혀 죽은 사건』, 작가정신, 2019

· 나쓰메 소세키, 김난주 역, 『나는 고양이로소이다』, 열린책들, 2009

· 레프 니콜라예비치 톨스토이, 박기찬 역, 『젊은 베르테르의 슬픔』, 민음사, 1999

· 레프 니콜라예비치 톨스토이, 박형규 역, 『안나 카레리나』, 문학동네, 2009

· 로랑 비네, 이선화 역, 『언어의 7번째 기능』, 영림카디널, 2018

· 마루야마 겐지, 김춘미 역, 『물의 가족』, 사과나무, 2012

· 미겔 데 세르반데스, 『돈키호테』, 페이퍼문, 2016

· 샤를 페로, 김주열 역, 『푸른 수염』, 샘터, 2008

· 스콧 피츠제럴드, 박찬원 역, 『벤자민 버튼의 시간은 거꾸로 간다』, 펭귄클래식코리아, 2009

· 스펜스 존슨, 이영진 역, 『누가 내 치즈를 옮겼을까』, 진명출판사, 2015

· 아흐메 알탄, 이난아 역, 『위험한 동화』, 좋은날, 1998

· 오기와라 히로시, 양억관 역, 『네 번째 빙하기』, 좋은 생각, 2009
· 움베르토 에코, 이윤기 역, 『장미의 이름』, 열린책들, 2009

7장의 내용과 관련하여, 각자 영감을 받은 책들을 적어 보자.

읽더라도, 많은 책을 읽지는 마라.
- 벤자민 플랭클린

8장

몸과 정신은
영감의 원천이 될 수 있을까

영혼을 육체에서 분리시키는 것은
삶이지 죽음이 아니다.

– 폴 발레리

난센스 퀴즈를 맞혀 보자.

아몬드가 죽으면 무엇이 될까?

영감 가이드 281p

'분열'의 의미는 무엇인가

'분열'은 부정적인 어감을 가진 단어다. 특히, 정신이나 몸에 '분열'이라는 표현을 붙이면 비정상적인 상태의 인간을 떠올리기 쉽다. 하지만 이 책에서의 '분열'은 창작의 영감을 설명하기 위해 의도적으로 선택한 표현으로, 자신의 몸이나 정신을 자각하는 순간을 분열이라고 칭한다. 우리는 평소에 자신의 몸을 자각하지 못하다가 눈이 아프면 비로소 나에게 눈이 있음을 자각한다. 마찬가지로 '정신이 없다'라고 생각하는 순간에, 비로소 나에게 정신이 있음을 자각하는 것과 같다.

영감의 글쓰기에서 몸과 정신의 분열을 다루는 것은 결함이 있는 자와 없는 자를 구분하기 위함이 아니다. 그런 구분을 통해 한쪽이 정상이라거나 더 우월하다는 관점은 더욱 아니다. 여기서의 분열은 몸과 정신의 새로운 현상에 집중하여, 자신의 남다름을 자각하게 하는 훈련이다.

남다름을 왜 결함으로 인식하게 되었을까

인간의 신체는 시대에 따라 인식의 변화를 겪어왔다. 과거에서 현대에 이를수록 남다름을 점점 결함으로 여기는 인식을 관찰할 수 있다.

신화시대

신화로만 알 수 있는 역사 이전의 시기로, 대표적인 예가 잘 알려진 오이디푸스 신화이다. '부은 발'을 의미하는 오이디푸스는 그의 육체적 결함을 표현하기보다 남다른 비범함의 징표로 여겼다.

중세

인간의 신체와 영혼의 이분법적 사고가 두드러진 시기다. 프랑수아 라블레의 『가르강튀아/팡타그뤼엘』은 외모는 추하고 우스꽝스럽지만, 지혜와 용기를 풍부하게 누리는 소크라테스 같은 사람들의 이야기다.

가르강튀아는 어머니가 너무 많이 먹어 항문이 빠지는 바람에 희한한 과정을 거쳐 어머니의 왼쪽 귀로 태어난 배설과 출산의 관련성을 보여 주는 육체적 추한 존재이다. 그의 아들 팡타그리엘은 너무나 몸집이 커서 태어나면서부터 어머니를 질식사시키고 마는 육체적으로 악한 존재이다. 하지만 그들은 정신적으로 교육받고 육체적으로 단련을 받으면서 행복을 추구하는 인간이 되어 간다.

근대

근대 소설인 조너선 스위프트의 『걸리버 여행기』는 작은 사람들이 사는 릴리퍼트와 큰 사람들이 사는 나라 브라브딩내그, 날아다니는 섬의 나라 라퓨타와 말(馬)을 닮은 휴이넘의 나라까지 여행하는 기행문 소설이다. 여러 나라를 여행하면서 몸과 정신의 상대성을 깨닫게 된다.

현대

현대는 인간의 몸과 정신이 획일화를 강요당하는 시대이다. 프란츠 카프카의 『변신』에서는 사회생활을 하기 어려운, 획일화되지 못한 몸을 벌레로 상징했다.

레이먼드 커버의 「뚱보」는 몸이 뚱뚱하다는 이유만으로 조롱과 경멸의 이야깃거리가 되고 마는 레스토랑의 한 남자 손님에 관한 이야기다. 이 소설은 타인의 신체에 대해 무심코 던지는 농담이 얼마나 큰 언어폭력이 되는지를 보여 준다.

노벨상을 받은 작가 가즈오 이시구로의 『나를 보내지 마』에서는 아이들이 병원에서 따로 양육되는데, 그 이유는 부유하지만 아픈 사람들의 병든 부분을 대체해 주기 위해서이다. 아이들은 자신이 그런 용도로 사용되는지도 알지 못하는 세상을 그려서 자본주의적 '분열'의 극한을 보여 준다.

나의 몸과 정신은 어떻게 남다른가

다음 빈칸을 채워 보자. 한 개도 좋고 여러 개도 좋다.

나는 (   )가 있다(느낀다).

예)

모서리를 보면 무섭다.

머리에 기생충이 기어 다니거나 몸에서 벌레가 나온다.

충동적으로 자신의 머리털을 뽑는다.

손이 잘 가는 부위를 집중적으로 긁는다.

여드름을 가만 놔두지 못하고 마구 긁어 상처를 낸다.

땀이 지나치게 많이 흐른다.

원형 탈모증이 생기고 있다.

끊임없이 죄의식을 느낀다.

죽음이 두려워 견딜 수 없을 때가 있다.

사람을 마주보기가 힘들다.

내 주변을 깨끗하게 하는 것이 힘들다.

- 자신의 몸과 정신의 남다른 부분이 다른 사람에 의해 어떻게 받아들여졌는지 적어 보자. 다른 사람은 전혀 신경 쓰지 않는데 본인만 신경이 쓰이는 부분도 적어 보자.

몸은 왜 분열했을까

다음은 식사하다가 음식 속에서 사람의 코를 발견하는 러시아 작가 고골리의 「코」이야기이다.

이반 야코블레비치는 예의를 차려 어깨 위에 단정하게 실내복을 걸치고 식탁 앞에 앉았다. 그는 빵에 소금을 뿌리고 파 뿌리를 두 개 준비한 다음 나이프를 들고 거드름을 피우며 빵을 자르기 시작하였다.

빵이 둘로 갈라지자 그 속을 힐끗 들여다보았다. 그런데 천만 뜻밖에도 뭔가 희끄무레한 것이 눈에 들어오는 것이 아닌가. 이반 야코블레비치는 나이프 끝으로 조심조심 그것을 헤집고 손가락으로 더듬어 보았다.

'꽤 단단한 걸!'

그는 속으로 중얼거렸다.

'도대체 이게 뭘까?'

이반 야코블레비치는 마침내 손가락을 쑤셔 넣어 그놈을 끄집어냈다.

'코다!'

이반 야코블레비치는 얼른 두 손으로 그것을 밀어넣어 버렸다. 그리고 눈을 비비고 다시 만져보았으나 역시 코, 사람의 코가 분명한 것이다. 더욱이 어디선가 본 듯한 코였다. 이반 야코블레비치의 얼굴에 경악의 빛이 떠올랐다. 하지만 그 놀라움도 그의 마누라가 터뜨린 분노에 비하면 아무것도 아니었다.

"아니, 여보! 당신 대체 어디서 남의 코를 잘라온 거예요!"

「코」중에서

이발소를 하는 이반 야코블레비치는 손님의 얼굴을 자주 보았기 때문에 빵에서 나온 코가 코발로프의 코임을 알아본다. 혹시나 자신이 잘라냈다는 의심을 받을까 봐 신고하지도 못하고 버리려 하지만 뜻대로 되지 않는다. 반대로 코를 잃어버린 코발로프는 남이 볼까 봐 휴지로 얼굴을 감싸고 코를 찾아다닌다.

마침내 코발로프가 코를 찾아내는데, 아니 코가 등장하는데 코는 5급 관리의 옷을 입고 나타난다.(고골리의 「코」가 『외투』라는 작품집에 실린 것도 의미심장하다.)

그때부터 코는 한 사람의 '부분'으로 인식되지 않는다. 분열되어 나온 코는 본래 주인보다 더 높은 사회적 지위를 획득한 상태였기 때문이다. 코발로프가 '내 코'라고 주장하지만, 코는 그게 무슨 이야기냐며 소리치면서 달아나 버린다. 이 기발한 소설은 몸의 분열이 무엇을 의미하는지 사유하게 한다.

- 코가 아니라 몸에서 귀나 손가락이 분열했다면, 소설이 말하고자 하는 의미는 어떻게 달라질까? 사유

인간은 무엇 때문에 변신하는가

글쓰기에서 몸과 정신의 '문제(問題)'는 의사처럼 치료가 목적이 아니다. 영감의 글쓰기에서 몸과 정신을 다루는 목적은 인간이 왜 그런 존재 방식을 가지게 되었는지를 들여다보기 위해서이다. 프랑스 작가 소피 자베의 『알리스와 소시지』는 인간의 변신 이유와 과정을 잘 보여 주는 작품이다.

> "넌 예쁘지 않아. 그러니까 너는 남자들에게 친절해야 해."

알리스는 아버지의 한마디에 정체성의 혼란을 느끼며 자신의 아름다움을 상실하는 경험을 한다. 그녀는 남자들에게 어떻게 친절할 수 있을지 고민한다. 그때 알리스에게 어이없는 조언자가 나타나는데, 폴린은 친절한 여자가 되기 위해서는 "이따금씩 남자들 앞에서 다리를 벌려 주고, 가끔 '콘 아이스크림'도 먹어줘야 하는" 것이라고 알려 준다. 이때부터 그녀는 남자들에게 아무런 방어나 저항을 할 수 없는 '친절한' 여자가 '되어 간다'.

> 알리스는 계시를 받았다. 그래, 바로 그거였다. 그녀가 되고 싶은 것은 소시지, 큼지막하고 먹음직스런 소시지, 냄새 좋고 매끈하고 기름진 소시지였다. 소시지. 그녀는 조금 전에 준비한 고기 경단을 뚫어져라 쳐다보았다. 시선을 뗄 수 없었다. 소시지 알리스. 드디어 알리스는 제 길을 찾았다. 그녀는 렌즈콩과 소스를 잔뜩 뒤집어쓴 채 누웠다. 미소를 띠고, 상냥하게, 식욕을 재촉하며…….
>
> 『알리스와 소시지』 중에서

알리스는 스스로 식욕을 재촉하며 몸을 점점 둥글둥글하게 만들어간다. 자신을 사랑하던 쌍둥이가 자신을 외면하자 그들이 좋아하던 소시지가 되기로 결심한 그녀의 집을 방문한 쌍둥이는 알리스가 사라지고 방에 커다란 소시지만 놓인 것을 발견한다. 쌍둥이는 그녀를 기다리다가 방 안에 놓인 커다란 소시지를 잘라 먹고 사라져 버린다.

이때 알리스의 몸은 일부분만 분열한 것이 아니라 아예 변신 상태로 돌입한 것이다. 인간의 변신은 외부의 언어적인 폭력과 내부의 정체성 혼란으로 스스로 자신의 아름다움을 무너뜨리며 일어나는 것을 확인할 수 있다.

- 알리스는 왜 아버지의 한 마디에 전혀 저항하지 못했는지 생각해 보자.

사유

왜 화분을 두려워하는가

2017년 국제신문 신춘문예에 당선된 양정규의 「화분」이라는 단편소설의 첫 부분이다.

그녀는 개나 고양이보다 화분이 더 무서웠다. 개나 고양이는 기분이 좋을 때 꼬리를 흔들거나 갸르릉 소리를 냈다. 화가 나면 털을 곤두세우고 눈을 치떴다. 하지만 화분은 도무지 알 수 없는 존재였다. 화분이 머금은 흙 속에 어떤 모양의 뿌리들이 숨어 있는지, 그 뿌리와 흙 사이에 어떤 생물체를 품고 있을지 알 수 없었다. 지렁이가 똬리를 틀고 있을지도 몰랐다. 한 마리가 아니라 여러 마리가 서로 엉켜 군집 형태로 있을 수도, 여러 개의 알을 화분 속 어딘가에 촘촘히 박아놓았을지도 모를 일이었다. 화분 속에서 일어나고 있을 것 같은 여러 가지 일들을 그녀는 상상했다. 그것이 속내를 드러내기 전까지는 알 수 없는, 한없이 아름답고 순진해 보이는 얼굴을 한 화분은 그래서 더 무섭다고 생각했다.

「화분」 중에서

여주인공 '그녀'는 아파트 현관을 나서다가 머리 위에서 화분 하나가 떨어져 눈앞에서 박살 나는 순간과 맞닥뜨린다. 그때부터 화분은 계속 흉기처럼 따라다닌다. 아파트의 창문들이 모두 열려 화분들이 한꺼번에 쏟아져 내리는 환영을 보기도 한다. 깨진 화분 속 지렁이들이 눈도 코도 더듬이도 없이 꿈틀거리는 꿈을 꾸기도 한다.

이 소설의 독창성은 아름다움의 상징인 꽃을 심는 화분을 두려움의 대상으로 삼았다는 점이다. 주인공에게 화분의 추락이 두려움을 유발한 것은 어린 시절의 불운한 기억 때문이다. 화분은 그의 어린 시절 경험과 나쁜 기억 속에서 분열했던 셈이다. 정신의 '분열'은 현재 상황뿐만 아니라 과거의 기억이나 미래의 불안 등 시간과 연결하여 생각할 때 영감으로 작용할 수 있다.

- 타인이 아름답다고 느끼는 사물이나 현상을 두렵게 느끼는 것이 있으면 적고, 왜 그런 증상을 가지게 되었는지 생각해 보자. 사유

나의 블랙 스팟은 무엇일까

2017년 경남일보 신춘문예 당선작인 「블랙 스팟」에는 '색각 이상자'라는 병명을 가진 주인공이 등장한다. '나'는 어릴 때부터 빨간색을 보지 못했다.

그날은 전교생 신체 검사가 있는 날이었다. 아이들은 한 줄로 늘어서서 차례를 기다렸고 드디어 나의 차례가 돌아왔다. 담임선생은 손바닥만 한 책을 눈앞에 펼치더니 무슨 숫자가 보이느냐고 물었다. 책에는 조잡한 색깔의 점들이 어지럽게 섞여 있었는데 나는 그게 밤하늘에 쏘아 올린 불꽃처럼 반짝인다고 생각했다. 금방이라도 화려한 불꽃들이 책을 뚫고 나올 것만 같았다. 숫자 같은 것은 보이지 않기 때문에 당연히 고개를 저었다. 담임은 그런 나를 빤히 쳐다보며 물었다.

"정말 여기 적힌 숫자가 안 보이니?"

나는 잘못한 사람처럼 고개를 수그렸다. 아이들이 내 주위로 몰려들었다.

"애, 말해 봐. 안 보이냐고 이게?"

「블랙 스팟」 중에서

쇼핑몰 안내데스크에서 일하던 주인공 '나'는 색각 이상이라는 증상 때문에 직장에서 해고된다. 그 후 '나'는 약국에서 만난 약사를 따라 약사회에서 하는 세미나에 파트너로 함께 참석하는데, 살아있는 붉은 가재가 음식으로 나오면서 상황은 엉망이 되고 만다. 그녀는 약사에게 열등의식을 느끼면서 점점 그의 정체를 알아간다. 그가 적어 놓은 메모를 통해 그의 암호를 해독하면서, 그가 말하지 않은 신체의 비밀을 알게 된다. 그는 황반변성을 앓고 있어서 블랙 스팟을 통해서만 세상을 볼 수 있었다.

  '나'는 그를 통해 시야의 한계가 있는 사람이 자신만이 아님을 깨닫는다. 마찬가지로 독자도 두 인물을 통해 자신의 한계가 자신만의 결함이 아님을 깨닫게 된다.

  – 세상을 바라보는 자기 시각의 한계에 대해 적어 보자.

나도 중심성맥락망막염을 앓고 있을까

중심성맥락망막염은 안구 중심에 부종이 생겨 가운데가 뿌옇게 보이고, 사물의 일부분이 구멍이 난 것처럼 보지 못하는 병이다. 박성원의 단편소설 「중심성맥락망막염」은 인간 시야의 한계에 대한 문제를 다루면서도 역설적으로 우리의 시야를 새롭게 열어 주는 영감의 글쓰기여서 주목할 만하다. 다음은 정신과 의사가 중심성맥락망막염을 가진 특이한 남자와 대화하는 내용이다.

> "저는 제 눈에 보이는 모든 것에 대한 자신감을 차츰 잃어갔습니다. 제가 이 병을 겁내고 또한 지독하다고 느끼는 것은 제가 보고도 미처 의식하지 못하는 것이 존재한다는 점에 있습니다. 그러니까 저는 사물을 보거나 혹은 책을 읽더라도 남과 비교하지 않으면, 다른 사람들에게 확인하지 않으면, 제가 본 것이 과연 진실인지 아닌지 알 수 없다는 점 말입니다. 그래서 조금이라도 피곤한 날이면 길을 가다가도 모르는 사람에게 보이는 것을 물어 제가 보고 있는 것이 정상인지 확인하곤 했습니다. 항상 불안했고 또한 항상 의심하지 않을 수 없었습니다. 제가 본 것이 진실인지, 제가 본 것이 과연 전부인지 자신이 없었으니까요."
>
> 「중심성맥락망막염」 중에서

'구더기 사내'라는 별명을 가진 남자는 눈 앞에 펼쳐진 계단 중 하나가 보이지 않거나, 의사의 손에 들린 볼펜은 보이지 않고 흔드는 손만 보이거나, 눈앞에 있는 약도 보이지 않아 먹을 수 없는 신세였다고 고백한다. 상담이 진행되는 동안 중심성맥락망막염을 앓는 환자는 '구더기 사내'뿐인 것처럼 보인다.

그런데 상담이 끝나고 헤어질 순간에 의사와 그의 친구는 사내에게 원형탈모를 가리도록 모자를 사서 쓰라고 조언하면서 그의 머리를 만지게 된다. 놀랍게도, 반들거리는 피부 대신에 텁수룩한 머리카락이 만져졌다. 사내를 중심성맥락망막염 환자이자 '일목요연하게 미친' 자로 여기던 그들도 중심성맥락망막염 환자였던 셈이다.

아니 그들만이 아니었다. 이들은 정류장에서 버스를 한동안 기다리고 있었는데, 버스 한 대가 그들을 전혀 보지 못하고 스치며 지나갔다. 버스 기사도 중심성맥락망막염을 앓고 있음을 시사한다.

- 상담체의 특징에 대해서는 〈상담체로 상담의 고정관념을 깨뜨려라〉를 살펴보자. 248p

병명이 영감의 키워드가 되게 하라

2000년 1월 1일 조선일보에 신춘문예 당선작으로 송은상의 「환지통(還紙痛)」이라는 작품이 소개되었다. 요즘은 잘 알려진 병명이지만, 당시로써는 무슨 뜻인지 생소하기 그지없던 제목이었다. 환지라는 단어가 환상과 연결되면서 읽기도 전에 설렘을 느꼈는데, 환지통은 매우 독특한 통증이었다.

"그는 수술로 다리를 잃은 후에도 끊임없는 망상에 시달렸어요. 환지통이란 말 들어보셨나요? 잃어버린 다리에 가려움증을 느끼는 거예요. 퇴원해서 한 달쯤 되었을 때니까 환부는 거의 회복되었을 때죠. 한번은 엄지발가락과 두 번째 발가락 사이가 가려우니 긁어달라는 거예요. 저는 당연히 절단하지 않은 왼쪽 발가락인 줄 알았죠. 그런데 오른쪽을 긁어달라는 거예요. 제발 긁어줘…… 내 오른쪽 다리…… 처음엔 호소하지만 점점 견디기 힘들어지면 마구 울부짖는 거예요.

그런데도 나는 아무것도 해줄 수가 없어요. 오른쪽 다리는 분명 없는데 가려움증은 엄연히 존재하는 고통.

그 고통 앞에서 나는 타인이 될 수밖에 없었어요. 그저 집을 나서는 수밖에……"

「환지통(還紙痛)」 중에서

환지통은 두통이나 치통처럼 인간이 느낄 수 있는 여러 통증 중 하나로, 팔다리를 절단한 환자가 이미 없는 수족에 아픔과 저림을 느끼는 증상이었다. 상실을 자각하는 통증이라는 점에서 소재 자체가 이미 문학적인 셈이다.

산에서 만난 여자는 주인공 '나'에게 환지통을 앓고 있는 남편의 이야기를 들려준다. 그런데 알고 보니 남편은 이미 죽은 뒤였고, 여자는 남편을 상실한 데 대한 환지통을 앓고 있었던 것이다.

타인의 환지통을 보면서 주인공 '나'도 자꾸만 겨드랑이가 가려운 증상을 느낀다. 자신이 무엇을 잃어버렸는지를 점점 돌아보게 되고, 평범한 직장인의 삶을 사느라고 시인의 꿈을 잃어버린 사실을 깨닫는다. 작가는 육체적인 환지통을 정신적인 환지통까지 연결하면서 문학성을 더 확장하였다.

의학 용어인 '환지통'이 어떻게 상실의 자각 증상이라는 새로운 문학적인 키워드가 될 수 있나를 보여 주었다는 점에서 영감의 키워드를 찾는 비법이 들어 있는 작품이다.

– 어떤 병명을 소설 소재로 삼고 싶은지 적어 보자.

증상은 어떻게 소설 구조를 엮어가는가

　2017년도 농민신문 신춘문예 당선작 「연소증후군」도 병명을 제목으로 사용하면서 문학성을 살린 작품이다. 연소증후군은 '번아웃 신드롬(burnout syndrome)'이라고도 하는데, 모든 기력이 소진된 상태를 의미한다. 소설에 서는 번아웃 상태에 도달할 수밖에 없는 주인공의 피로와 탈진 과정을 치밀하게 그리는 동시에 몸의 증상이 어떻게 소설의 구조를 특징짓는지 잘 보여준다.

발단

1. 탈주범에 대한 라디오 방송이 흘러나온다.
2. 출근하려고 아파트를 나서는데 한 남자가 등을 보인 채 서 있다.
3. 차를 어디에 세웠는지 기억나지 않는다.
4. 자동차 계기판 주유등에 빨간 불이 켜진다.
5. 라디오 뉴스가 다시 나오고, 밤새 일어난 탈주범이 '나'가 근무하는 병원에서 탈주한 환자로 강간범임을 알게 된다.
7. 탈주범 김은 주인공 '나'가 면담하던 환자였다.
8. 탈주범 김은 부유한 가정의 외동아들이었고, 고위직 공무원 아버지가 세 번째 결혼한 상태였다.
9. '나'가 처음 나오는 지점 – 1인칭 시점
10. 산밑 어두운 주유소에서 기름을 넣기 위해 주변을 두리번거리며 내린다.
11. 셀프 주유소에서 정전기로 화재가 난 사건을 떠올린다. '나'는 몸이 불에 붙어 활활 타는 장면을 상상하며 등골이 오싹해진다.

전개

12. '나'가 근무하는 병원은 우중충한 회색 건물로 그 안에는 반사회적 인격자, 정신질환자, 약물중독증 환자들이 있다. 폐쇄 병동 건물이다.

13. '나' 위에는 나이 어린 수간호사가 있다.

14. '나'는 진급 심사 명단에서 제외된다.

15. 병원에서 환자를 대상으로 교육을 실시하는데, 내용이 무엇인지 알 수 없을 정도로 피상적인 교육을 실시한다.

16. 인권위원회가 생기면서 환자들은 걸핏하면 고소장을 써댔다.

17. 환자들의 정기 처방이 있는 날이면, 젊고 예쁜 간호사 앞에 가서 환자들이 줄을 선다.

이 소설은 절정을 거쳐 결말에 이르기까지 한 문단을 지날 때마다 하나의 긴장이 더해진다. 결국, 소설 끝에서 주인공은 모든 기력이 소진된 번아웃 상태가 되고 만다.

- 소설의 제목이나 주제가 소설의 구조와 잘 엮인 작품을 찾아서 적어 보자.

내 몸과 정신은 무엇을 닮아가는가

한 마리의 무소가 도시 한복판에 나타났다. 주인공 베랑제는 친구 장과 함께 카페에서 그 광경을 보게 되고, 동물원에서 도망쳐 나온 것으로 여기고 대수롭지 않게 생각한다. 두 번째 무소가 나타났을 때도 무소의 뿔이 한 개인지 두 개인지, 코뿔소의 서식지에 따라 뿔의 수가 다르다든가 하는 논쟁을 벌이는 정도였다.

하지만 무소는 점점 늘어난다. 거리에도 직장에도 식당에도 무소가 나타난다. 알고 보니 사람들이 무소로 변한 것이었다. 직장 동료들과 친척들도 무소로 변하고, 친구인 장도 무소가 된다. 점점 인간보다 무소의 숫자가 많아지자 세상이 무소의 기준을 따라간다. 주인공은 인간으로 남아 인간성을 지키려고 하지만, 그는 자기도 모르게 점점 무소를 정상으로 인식하게 된다. 프랑스 극작가 외젠 이오네스코가 쓴 단편소설 「무소」의 이야기다.

매일 아침 나는 내 손을 보았다. 잠자는 동안에 가죽이 두꺼워지지나 않았을까 하는 희망을 안고. 그러나 가죽은 여전히 말랑하기만 했다. 나는 너무나 흰 내 몸뚱아리와 털이 난 내 다리를 바라보았다. 아! 딱딱한 가죽과 진한 녹색의 멋있는 빛과 무소들처럼 털 없는 반들반들한 점잖은 알몸을 가졌으면!

나의 정신 상태는 나날이 더 나빠지고 불행해졌다.

나는 스스로를 괴물처럼 느꼈다. 아! 나는 무소가 될 수 없으리라. 나는 달라질 수가 없으리라. 나는 이미 나 자신을 바라볼 용기조차 잃었다. 부끄러웠다. 그렇지만 나는 그렇게 될 수는 없었다. 결코 그렇게 될 수는 없었다.

「무소」 중에서

주인공이 인간으로 남으려고 애쓰면서도 한편으론 무소가 되기를 바라는 이유는 닮지 않으면 '동류자(同類者)' 사이에 끼지 못하기 때문이다. 정상의 범주에 들어가지 못하기 때문이다. 그래서 주인공은 무소로 변하지 않는 자신을 부끄러워하는 지경에 이른다. 인간이 무소로 변하면 괴물이 되는 것이 아니라 인간이 무소가 되지 못하면 괴물이 되어 버리는 것이다.

무소를 통해 다수가 소수를 어떻게 억압하고, 정상과 비정상의 경계가 어떻게 생기는가를 보여 준다는 점에서 몸과 정신의 분열을 이해하는 데 모범이 되는 소설이다. 이 소설은 희극으로 더 잘 알려져 있는데, 국내에서도 '코뿔소'라는 제목으로 공연되었다. 주인공은 급기야 애인에게 무소로 변하지 말고 둘이서 아이를 낳아 인간 세상을 재건하자고 호소한다. 하지만 애인은 "시류를 따라야 한다"라는 말을 남기고 무소가 되어 버린다.

– 자신이라면 위의 상황에서 어떤 결정을 내릴 것인가? 사유

산 자는 왜 죽은 자로 변신했을까

1994년 노벨문학상을 받은 일본 작가 오에 겐자부로의 소설『죽은 자의 사치』가 있다. 한 불문과 남학생과 여학생이 어느 대학 시체실에서 만난다. 그들은 각기 다른 목적으로 아르바이트를 하러 온 것이다. 그들에게 주어진 일은 의대 해부용으로 알코올에 담가 15년이나 보관하고 있던 시체들을 구 욕조에서 새 욕조로 옮기는 일이었다.

시체들은 진한 갈색 액체에 잠겨서 팔이 서로 얽혀 있기도 하고, 머리를 서로 맞대고 떠올라 있거나, 반쯤은 액체 속에 가라앉아 있다. 그들은 흐릿한 갈색의 유연한 피부에 싸여서 딱딱하고 생소한 독립감을 가지고 각기 자신의 내부를 향해 응축하면서도 집요하게 몸을 서로 맞대고 있다. 그들의 몸은 거의 알아보기 어려울 정도로 부어 있었고, 그 부기는 눈을 꽉 감은 그들의 얼굴을 풍만하게 보이도록 만들었다. 휘발성 냄새가 지독하게 나서, 밀폐된 방 안의 공기는 몹시 탁했다. 방 안에서 들리는 온갖 소리의 울림은 후덥지근한 공기에 휩싸여서 중후(重厚)한 양감(量感)으로 가득하다.

『죽은 자의 사치』 중에서

이 아르바이트를 경험한 두 사람은 어떤 변화를 겪게 되었을까?

남학생은 죽음에 대해서 새롭게 인식하는데, 죽음은 '물체'라는 사실이었다. 그는 여태 죽음을 그저 의식의 측면에서만 생각하고 물체의 측면에서 생각해본 적이 없었다. "'물체'로서의 죽음은 의식이 끊어진 후에 비로소 시작"되는 것을 보고 놀란다. 잠시 바람 쐬러 밖으로 나온 남학생은 환한 햇빛과 상쾌한 공기를 피부로 실감한다. 그 시공간에서 한 간호사와 소년이 지나가는 것을 보고 시체와 달리 사람이 살아 움직이는 것에도 놀란다.

반면에 여학생은 임신한 아이를 지우는 것을 포기한다. 대학 시체실에서 아르바이트를 한 이유가 임신한 아이를 지울 돈이 필요했기 때문이었다. 여학생은 시체의 검고 딱딱한 피부가 아니라 아기에게 뚜렷한 피부를 갖게 해 주고 싶다고 느낀다.

- 이 책에서 말하는 죽은 자의 사치는 무엇이며, 산 자의 사치는 무엇이라고 생각하는가? 사유

언어의 분열은 어떻게 시작되는가

최인석의 「구렁이들의 집: 말더듬증에 관하여」는 몸과 정신 그리고 언어 분열의 문제를 한꺼번에 다루고 있어 흥미롭다. 부제에서 알 수 있듯이, 말더듬증을 통해 몸과 정신이 언어와 어떻게 연결되었는지를 보여 준다. 어린 시절 생계를 위해 부모들은 어린 '나'를 방 안에 묶어두고 종일 밖에서 보낸다. 혼자서 모든 시간과 공간을 감당해야 했던 나는 불만과 번민을 쏟아낼 대상도 방법도 배우지 못하고, 결국 사슴과 승냥이로 이분된 성격장애와 말더듬증을 앓게 된다.

말더듬이 시작된 것은 아마 그래서였을 것이다. 말더듬은 날이 갈수록 점점 악화되었다. 공장에서 돌아온 아비 어미가 아구 내 새끼, 하며 잘 놀았느냐고, 심심했느냐고 물을 때면 여러 대답이, 잘 놀았다는 대답이, 심심했다는 대답이, 그따위 건 뭐 하러 물어보느냐는 통명이, 당신들 할 일이나 잘 하라는 도발이, 어리광과 욕설이, 울음과 야유와 웃음과 조롱이, 그들에 대한 사랑과 증오, 애착과 멸시가 제각기 먼저 쏟아져 나오려 내 비좁은 목구멍에서 한꺼번에 소용돌이쳤고, 그 바람에 나는 아무 대답도 온전히 할 수가 없었다. 대답하려 애쓸수록 내 목구멍과 입과 혀를 통해 만들어지는 소리는 겨우 아, 으, 어, 무, 그…… 하는, 어떤 의미도 운반하지 못한 채, 분명히 어떤 의미를 이야기하고자 했으나 아무런 의미도 이야기하지 못하고 무의미와 의미 사이의 지극히 짧으면서도 간혹은 영겁(永劫)을 통해서도 빠져나올 수 없는 기나긴 동굴 같은 영역에 갇힌 채 발버둥 치는 신음소리나 간투사(間投詞), 말더듬증에 불과했다.

「구렁이들의 집: 말더듬증에 관하여」 중에서

어느 날, 장물을 팔러 나간 아비가 돌아오지 않자, 어미 또한 '나'를 큰아비의 집에 맡기고 떠나 버린다. '나'는 큰아비의 손에 맡겨지고, 그의 집에서 두 가지 육체적인 분열 현상을 보게 된다. 하나는 큰아비가 한밤중에 구렁이로 변하여 이웃집 담을 넘는 것이고, 다른 하나는 큰아비의 딸이자 사촌인 순이가 조로증에 걸려 할머니의 모습을 한 것이다.

큰아비는 '나'의 말더듬증을 답답해하지 않고 이해해 주며, 어느 날 간단하게 고칠 방법을 알려 준다.

그것은 한 번에 '한 마디씩만' 말하는 것이다.

놀랍게도 이 처방은 '나'에게 의미를 담은 한 마디를 내뱉게 하고, 이어서 다른 단어들도 뱉어내게 한다. 큰아비는 '나'에게 인간 언어의 기본 특징을 알려준 셈이다. 언어학자 소쉬르가 말한 것처럼 인간은 동시에 두 단어를 말할 수 없다는 사실 말이다.

– 자신에게 언어의 분열 현상이 일어났던 상황을 돌이켜보고, 그것을 회복하는 방법을 생각해 보자. 사유

창작하는 몸은 작품을 어떻게 토하는가

창작과 몸, 창작과 정신의 관계를 잘 보여 주는 작품으로는 2007년 세계일보 신춘문예 당선작인 이상희의 「래빗 쇼」가 있다. 소설 첫 부분에 토끼를 토하는 꼬르따사르라는 인물이 등장하여 독자의 관심을 집중시킨다.

꼬르따사르는 벌써 한 달째 토끼를 토하지 않았다. 임산부처럼 불룩 튀어나온 뱃속에는 네다섯 마리의 토끼가 뒤엉켜 있었다. 그는 토끼를 토하지 않으면서부터 클로버 잎사귀만 먹었다. 앙상하게 마른 몸을 둥글게 말고 죽은 듯이 누워 있다가 이따금 입술을 오물거렸다. 나는 베갯머리에 떨어져 있는 클로버 잎을 주워 들고, 꼬르따사르의 뱃가죽이 우둘투둘 일렁거리는 것을 쳐다보았다.

"토끼는?"

재오가 물었다. 어제도 잠을 못 잤는지 얼굴이 까칠했다. 나는 고개를 가로저었다. 재오가 길게 한숨을 내쉬었다. 그러고는 꼬르따사르에게 다가가 배를 눌렀다. 어떻게 해서든 토끼를 토하게 하려는 것이었다. 꼬르따사르는 이를 악물고 악착같이 토끼를 토하지 않으려고 버텼다.

「래빗 쇼」 중에서

소설 속 '나'는 재오와 함께 등록금과 퇴직금을 합하여 작은 바를 열지만 시원찮다. '나'는 무료한 시간을 보내려고 아르헨티나의 작가 단편집을 읽는다.

이상희의 「래빗 쇼」에 등장하는 꼬르따사르는 실제 아르헨티나 작가로 정확한 이름은 훌리오 꼬르따사르(1914~1984)이다. 이미 작고한 아르헨티나 작가가 왜 이상희의 「래빗 쇼」 첫 부분에서 토끼를 토하는 인물로 등장했는가를 알기 위해서는 그의 작품 『드러누운 밤』에 실린 「빠리의 아가씨에게 보내는 편지」의 내용을 간략하게 알 필요가 있다.

「빠리의 아가씨에게 보내는 편지」의 주인공은 파리에 간 여성의 집에 머물게 된다. 그러다가 그녀에게 편지로 심각한 고민을 토로하는데, 다름아닌 그가 가끔씩 토끼를 토한다는 사실이었다. 문제는 토해내기 시작한 토끼들이 점점 불어나서 '아가씨'의 집 커튼을 망가뜨리고, 의자 덮개를 뜯어먹고, 집을 갉아 먹으면서 엉망으로 만들어 버렸기 때문이다. 이 단편소설 속의 토끼들은 우리가 흔히 잘 아는 번식력이 강한 포유류 중 하나다. 말 그대로 토끼다.

– 「빠리의 아가씨에게 보내는 편지」의 주인공이 토하던 토끼를, 어쩌다가 한국의 단편소설 「래빗 쇼」에서 작가인 꼬르따사르가 토하게 되었을까?

사유 210p

「래빗 쇼」의 주인공 '나'가 꼬르따사르의 소설을 읽고 나자, 꼬르따사르가 '나'와 재오의 작은 바 안으로 불쑥 등장한 것이다. 이상희의 「래빗 쇼」에 등장한 꼬르따사르는 그 자신이 작은 토끼를 토하는 능력을 갖춘 것으로 설정되었다. 재오와 '나'는 술집에서 래빗 쇼를 기획하고 사람들의 관심을 끌어 작은 바를 살리려 한다. 하지만 관객이 있다고 해서 꼬르따사르가 항상 토끼를 토하지는 않는다. 꼬르따사르의 배 속에 새끼들이 있어도 그는 토하지 않고 버틸 때도 있었다. '나'와 재오의 강요에 의해 이미 토한 토끼를 입에 도로 넣으며 손님 앞에서 쇼를 하는 지경에 이른다.

이 작품이 흥미로운 것은 몸과 창작의 관계를 보여 주기 때문이다. 꼬르따사르가 토하는 토끼는 부드럽고 하얗고 아름다운 시적 작품을 상징한다. 꼬르따사르가 「드러누운 밤」과 「래빗 쇼」의 경계를 깨면서 작가에서 소설의 주인공으로 탈바꿈한 것도 기발하지만, 주변의 상업성에 휘둘리지 않고 창의적인 글쓰기를 하려고 버티는 꼬르따사르의 모습이 무엇보다 영감을 준다.

- 꼬르따사르가 창작품을 토끼로 상징한 이유가 무엇이라고 생각하며, 자신의 창작품을 무엇으로 비유하고 싶은가? 사유

작가의 책 가이드

· 김서연, 「블랙 스팟」 『신춘문예당선소설집(2017)』, 한국소설가협회, 2017

· 박성원, 「중심성맥락망막염」 『나를 훔쳐라』, 문학과지성사, 2000

· 송은상, 「환지통(還紙痛)」 『신춘문예 당선소설작품집(2000)』, 프레스21, 2000

· 양정규, 「화분」 『신춘문예 당선소설집(2017)』, 한국소설가협회, 2017

· 이상희, 「래빗 쇼」 『신춘문예 당선소설집(2017)』, 한국소설가협회, 2017

· 최영희, 「연소증후군」 『신춘문예 당선소설집(2017)』, 한국소설가협회, 2017

· 최인석, 「구렁이들의 집:말더듬증에 관하여」 『구렁이들의 집』, 창작과비평사, 2001

· 가즈오 이시구로, 김남주 역, 『나를 보내지 마』, 민음사, 2009

· 니콜라이 고골, 김성호 역, 「코」 『외투』, 청아, 1995

· 레이먼드 커버, 손성경 역, 「뚱보」 『제발 조용히 좀 해요』, 문학동네, 2004

· 소피 자베, 이세진 역, 『알리스와 소시지』, 노블마인, 2006

· 오에 겐자부로, 정철현 역, 『죽은 자의 사치』, 보람, 1994

· 외젠느 이오네스코, 「무소」 『세계단편문학전집(18)』, 신한출판사, 1979

· 조나단 스위프트, 이종인 역, 『걸리버 여행기』, 현대지성, 2019

· 프란츠 카프카, 이주동 역, 「변신」 『변신』, 솔, 2017

8장의 내용과 관련하여, 각자 영감을 받은 책들을 적어 보자.

독서란 자기 머리로 남의 머리를 생각하는 일이다.
- 쇼펜하우어

9장

언어의 영감을
이해하라

언어는 영혼의 거울이다.

– 시러스

난센스 퀴즈를 맞혀 보자.

우유가 넘어지면서 하는 말은 무엇일까?

영감 가이드 281p

구두점을 무시하면 영감에게 무시당한다

영감의 글쓰기는 단어들의 조합만으로 이루어지는 것이 아니다. 글쓰기의 매우 중요한 요소임에도 우리가 쉽게 간과하는 것이 바로 구두점이다. 보통 문법적인 구두점에 대해서만 알고 있지만, 영감의 글쓰기를 위해서는 무엇보다 문학적인 구두점을 잘 활용해야 한다. 메마른 영혼에 흘러드는 음악처럼, 문학적인 구두점은 생기 없는 글의 영혼에 아름다운 멜로디를 선사하기 때문이다.

구두점에는 쉼표, 줄임표, 마침표, 느낌표 등이 있다.

문법적인 쉼표와 문학적인 쉼표를 구분하라

　일반적으로 문법적인 쉼표는 문장 중간에 들어가서 잠깐 쉬는 것을 기본으로 하는데, 이는 문장이나 의미의 명확성을 위한 것이다. 기본적으로는 열거, 요약, 문장의 연결 관계 등을 표시할 때 사용한다. 첫째 열거의 쉼표에 대해 살펴보자.

문법적인 열거)

동등한 자격을 가진 것들을 열거할 때 사용한다.

　　　1 2 3 4 5 6 7 8 9 10

　　　1, 2, 3, 4, 5, 6, 7, 8, 9, 10

　　　영희 순희 철수 기봉 연수 산호

　　　영희, 순희, 철수, 기봉, 연수

　　　영희와 순희, 철수와 기봉, 연수와 산호

문학적인 쉼표는 이지민의 『모던보이』에 좋은 예들이 많은데, 우선 문학적인 열거를 살펴보자.

조선총독부에서 근무하는 조선인 주인공 '나'는 미스코시 백화점에서 열리는 일본의 유명 화가 오바 요조의 전시회장에 가게 된다. 공식적인 업무가 아니라 일본 친구 신스케의 불륜 장소에 동행해 준 것이다. 전시회에 나타날 총독부 총무국 인사국장 시마의 부인이 신스케의 애인이다. 다음 인용문은 경성의 유명한 인사들의 부인들이 전시회장에 모여든 풍경으로 하나같이 모자를 쓰고 나타난 장면이다. 작가는 여자들이 하나같이 모자를 쓰고 왔다고 요약하지 않고, 쉼표를 사용하여 모자들이 어떻게 그림을 가리는지 글쓰기의 이미지로 보여 준다.

문학적인 열거 1)

> 이른 시간이었는데 이미 경성 시내 내로라하는 인사들의 부인들은 다 모여 있었다. 부인들은 여학생들처럼 두서넛씩 손을 잡고 몰려다니며 그림들을 구경하고 있었는데, 그림을 보는 시간보다 자기들끼리 머리를 맞대고 떠드는 시간이 더 많았다. 그러나 정작 감상을 방해하는 것은 그녀들이 수다 소리가 아니었다. 여인들이 지마다 머리에 쓰고 있는 가지각색의 모자들이 문제였다. 경성 여자 반은 쓰고 다니는, 눈썹을 완전히 가리는 클로시 모자, 메마른 조화가 달린 토크 모자, 운동하다 온 것 같은 하얀 세일러 모자, 챙이 넓은 모자, 챙이 없는 모자, 꽃이 달린 모자, 안 달린 모자, 높은 모자, 낮은 모자…… 어느 모자는 그림보다 컸고, 어느 모자는 그림과 똑같은 색이었다.
>
> 『모던보이』 중에서

미스코시 백화점의 오바 요조의 전시장에서 일본 친구 신스케가 불륜의 사인을 주고받은 사이에, 주인공 '나'에게도 운명의 여자가 나타난다. 모자를 쓴 여인들이 서로 손을 잡고 몰려다니는 반면, 모자를 쓰지 않은 한 여인이 '이브의 혀'라는 작품을 혼자 감상하며 그림을 가리고 있었던 것이다. 아래 인용문은 그 여자와 작품에 대해 몇 마디를 나누고 난 뒤 헤어져, 4월의 햇살이 비치는 거리를 걸으면서 자신에게 일어난 변화를 적은 문장이다.

문학적인 열거 2)

> 인력거, 전차, 자전거, 택시에 탄 사람들, 그냥 걷는 사람들, 모두 똑같이 무표정했지만, 난 웃고 있었다.

거리에는 모든 것이 빠르게 움직이고 있는데 자신만 천천히 걸었고, 모든 것이 무감각했지만 자신만 웃고 있었다. 인력거, 전차, 자전거처럼 무생물에서부터 택시에 탄 사람들, 그냥 걷는 사람들 등 모두가 무표정이었지만, '나'만 웃고 있었던 것이다. 사랑에 빠진 한 남자의 감정을 문학적인 쉼표들로 잘 표현한 작품이다. 이 문장에서 쉼표는 사랑의 쉼표라고 칭해도 좋을 것이다.

둘째, 쉼표가 가진 연결의 역할을 살펴보자.

문법적인 쉼표는 동일한 주어를 생략하며 사용할 수 있다. 어느 쪽을 생략하느냐에 따라 강조를 달리한다. 쉼표를 아예 생략했을 때와의 차이도 볼 수 있다.

나는 아팠다. 나는 병원에 가지 않았다.
→ 나는 아팠지만, 병원에 가지 않았다.
→ 아팠지만, 나는 병원에 가지 않았다.
→ 나는 아팠지만 병원에 가지 않았다.

한편, 문학적인 쉼표는 사람의 생각이나 감정을 보다 효과적으로 나타내는 수사법과 함께 사용할 수 있다.

문학적인 열거 3)
1) 멍청히 서 있는 나를 향해 검은색 포드 세단 한 대가 무릎까지 무섭게 돌진해 오더니, 고양이처럼 부드럽게 스쳐 지나갔다.
2) 스와니는 깊게 숨을 들이마신 후, 비둘기만한 담배 연기를 뿜어냈다.

1)은 '돌진해 오는' 포드 세단과 '부드럽게 지나간' 포드 세단의 대조를 강조하기 위해 문학적인 쉼표와 직유법을 함께 사용했다. 2)는 '깊게 들이마신' 것과 '뿜어낸' 것의 대조를 강조하기 위해 문학적인 쉼표와 직유법을 함께 사용했다.

열애가 시작된 지 얼마 지나지 않아 '모던보이'는 사랑하는 여자를 잃어버렸다. 아니, 여자가 사라져 버렸다. '모던보이'는 경성 시내의 카페를 돌며 헤매고 다닌다. 아래 문장은 쏟아지는 비에 온통 젖으며 그녀를 찾아다니는 날의 감정을 적은 것인데, 사랑의 상실감을 가로 글쓰기가 아니라 세로 글쓰기로 보여 준다.

어느새 다음 전차가 푸우푸우 물길을 헤치며 달려오고 있었다. <u>완벽히 젖은 난, 더이상 젖을 수도, 더이상 운이 없을 수도, 더이상 슬플 수도 없었다.</u>

완벽하게 젖은 난, 더이상 젖을 수도,

더이상 운이 없을 수도,

더이상 슬플 수도 없었다.

<u>지난 며칠간의 악몽 같은, 악몽처럼 무섭고 끔찍했던, 그러나 한편으론 과연 내가 주인공인가 하는 생각이 들어 흥미롭기도 했던 그 숨찬 기억들이 떠올랐다.</u>

지난 며칠간의 악몽 같은,

악몽처럼 무섭고 끔찍했던,

그러나 한편으론 과연 내가 주인공인가 하는 생각이 들어 흥미롭기도 했던 그 숨찬 기억들이 떠올랐다.

셋째, 쉼표가 가진 요약의 효과를 살펴보자.

문법적인 쉼표는 요약을 표현하는 단어들과 함께 사용한다.

요컨대, 모든 것이 마음에 달렸다.

단언컨대, 후속 작이 더 강력하다.

한편, 문학적인 쉼표는 앞서 본 열거와 연결의 기능을 한꺼번에 사용하여 요약할 수 있다. #➔

조난실이는 그냥 카페 여급, 남자 사냥꾼, 거짓말쟁이, 게다가 제 여자 친구일 뿐입니다.

조난실이는 그냥 카페 여급,

남자 사냥꾼,

거짓말쟁이,

게다가 제 여자 친구일 뿐입니다.

잠시 후 입구가 떠들썩하더니, 총독부 총무국 인사국장 시마의 부인이자, 내 친구 신스케의 애인이며, 그리고 내가 거의 유일하게 그 매력을 인정하는 일본 여인 유키코가 나타났다.

잠시 후 입구가 떠들썩하더니, 총독부 총무국 인사국장 시마의 부인이자,

내 친구 신스케의 애인이며,

그리고 여인 유키코가 나타났다.

다음은 마루야마 겐지의 장편소설 『물의 가족』의 첫 부분인데, 문법적 혹은 문학적 쉼표를 찾아보자. 번역자 김춘미 씨가 원작과 다른 쉼표를 사용했을 수도 있지만, 번역자의 쉼표들도 새로운 문학적 의미를 생성한다. 문학적인 쉼표 분석을 통해, 기호와 기호 사이를 연결하는 주체적인 '의미화 과정(signifiance)'을 이해하도록 하자.

물기척이 심상치 않다.

꽃샘추위가 에이는 이런 한밤중에, 누군가가 강을 헤엄쳐 건너려 하고 있다. 팽팽하게 긴장된 그 기척은, 건너편 기슭에 있는 세 바퀴 큰 물레방아가 쉬지 않고 내는 물소리 밑을 빠져나와, 정확하게 이쪽으로 다가오고 있다. 나는 숨을 죽이며 가만히 펜을 놓고, 그리고 여전히 마음의 귀를 기울인다. 아무래도 짐승 류는 아닌 것 같다.

사람이다. 직접 본 것도 아닌데, 사람이 틀림없다는 확신이 나를 꿰뚫고 지나간다.

야에코가 아닌가.

세차게 떠밀리면서도, 지칠 줄 모르는 멋진 솜씨로, 폭 일 킬로미터나 되는 물망천을 쓱쓱 건너오는 야에코의 모습이, 뚜렷하게 눈앞에 떠오른다. 이상한 일이기도 하다. 한밤중만큼 깊은 대나무 숲 속의 황폐해질 대로 황폐해진 오두막, 덧문도 유리창도 꼭 닫혀진 방 안에 있으면서, 어떻게 밖의 광경이 하나부터 열까지 손에 잡힐 듯 느껴지게 되는 것일까?

그것은, 사춘기 시절 밤마다 꾸었던 그 하얀 꿈보다도, 고열이 났을 때 사로잡혔던 그 검은 환영보다도, 훨씬 더 생생하고, 강을 건너는 사람의 가슴속까지 뚜렷하게 읽을 수 있게 한다. 스물아홉 해와 열한 달 그리고 이십 수일 동안 살아온 나지만, 이런 경험은 처음이다.

『물의 가족』 중에서

- 세로 글쓰기와 쉼표의 문학적 효과를 적어 보자.

영감 가이드 282p

물기척이 심상치 않다.

꽃샘추위가 에이는 이런 한밤중에①, 누군가가 강을 헤엄쳐 건너려 하고 있다. 팽팽하게 긴장된 그 기척은②, 건너편 기슭에 있는 세 바퀴 큰 물레방아가 쉬지 않고 내는 물소리 밑을 빠져나와③, 정확하게 이쪽으로 다가오고 있다. 나는 숨을 죽이며 가만히 펜을 놓고④, 그리고 여전히 마음의 귀를 기울인다. 아무래도 짐승 류는 아닌 것 같다.

사람이다. 직접 본 것도 아닌데⑤, 사람이 틀림없다는 확신이 나를 꿰뚫고 지나간다.

야에코가 아닌가.

①

②

③

④

⑤

세차게 떠밀리면서도⑥, 지칠 줄 모르는 멋진 솜씨로⑦, 폭 일 킬로미터나 되는 물망천을 쓱쓱 건너오는 야에코의 모습이⑧, 뚜렷하게 눈앞에 떠오른다. 이상한 일이기도 하다. 한밤중만큼 깊은 대나무 숲속의 황폐해질 대로 황폐해진 오두막⑨, 덧문도 유리창도 꼭 닫혀진 방 안에 있으면서⑩, 어떻게 밖의 광경이 하나부터 열까지 손에 잡힐 듯 느껴지게 것일까? 그것은⑪, 사춘기 시절 밤마다 꾸었던 그 하얀 꿈보다도⑫, 고열이 났을 때 사로잡혔던 그 검은 환영보다도⑬, 훨씬 더 생생하고⑭, 강을 건너는 사람의 가슴속까지 뚜렷하게 읽을 수 있게 한다.

스물아홉 해와 열한 달 그리고 이십 수일 동안 살아온 나지만⑮, 이런 경험은 처음이다.

영감 가이드 282p

⑥

⑦

⑧

⑨

⑩

⑪

⑫

⑬

⑭

⑮

줄임표로 말을 줄이면서 더 많이 말하게 하라

문법적인 줄임표는 말을 줄일 때도 그 의미를 알 수 있을 때 사용한다. 한국어 어문 규정에는 줄임표 표기를 위해 점 6개를 가운데 찍도록 했으나 (……), 2015년 1월 1일부터 아래쪽에 점 6개를 찍거나(……) 가운데에 점 3개만 찍는(…) 것도 허용하였다. 줄임표를 문장의 마지막에 사용할 때는 마침표(…….)를 잊지 않도록 한다.

1) 1, 2, 3……100.

    1, 2, 3……100…….

2) "뭐라고 위로를 드려야 할지……."

문학적인 줄임표는 앞뒤 문장의 맥락에 따라 의미를 다르게 해석할 수 있어서 숨겨진 의미들의 정거장이라 할 수 있다. 문학적인 줄임표 사용을 『모던보이』에서 살펴보자.

"오늘도 혼자네요……① 스와니라고 해요."

스와니는 신여성 사이에 최신 유행하는 눈 화장을 하고 있었다. 작은 눈 위에 털 하나 없이, 똑 부러진 나뭇가지 같은 두 개의 펜 자국만이 남아 있었다. 그녀는 그게 다 자기의 매력이라는 듯 두 눈썹을 힘차게 꿈틀거리며 미소지었다.

"무정에서 본 적 있어요……② 무정이요. 명치정에 있는, 그때도 혼자 왔잖아요. 마담한테 누굴 찾는다고 물어보고 그랬죠? 그 여자 찾았어요?"

'아틀란티스'도 다른 카페들과 똑같았다. 손거울처럼 작고 뿌연 조명, 질 나쁜 축음기에서 흐르는 시끄러운 재즈 선율, 그 소리를 완전히 무시한 채 속닥거리는 연인들, 그리고, 기생 출신의, 또는 출신을 알 수 없는 다양한 여급들. 다만 다른 점이 있다면 다른 카페들보다 습기가 좀 더 많다는 것뿐이었다.

스와니는 깊게 숨을 들이마신 후, 비둘기만한 담배 연기를 뿜어냈다. 뚱뚱한 회색 비둘기는 실내를 가득 메운 뿌연 습기 속으로 뒤뚱거리며 날아갔다.

"어머, 제가 실례되는 질문을 한 건가요?"

스와니의 눈썹이 갈매기 날개처럼 힘차게 파닥거렸다. 갈매기 역시 그녀로부터 미련 없이 날아 가버릴 것 같았다.

"아닙니다."

분명 예쁜 여자도 있을 텐데, 카페에 오면 왜 꼭 화장 이상하게 한 못생긴 여자들만 말을 거는 것일까. 나는 잔에 묻은 위스키 방울을 손가락으로 꾹꾹 눌렀다.

"요새는 뭘 잃어버리는 사람들이 너무 많아요. 가게 닫을 때 보면 모자며 단장이며 주인을 잃어버린 불쌍한 물건들이 한 가득이라니까요. 그러나……③ 애인을 잃어버린 사람은 드물죠."

스와니는 의미심장하게 눈을 찡긋거렸다.

"하지만, 나라도 잃어버린 판국인데 그까짓 애인쯤이야 뭐 대수겠어요." (…)④

"나라를 찾는 것보다 애인을 찾는 게 더 어렵습니다."

『모던보이』 중에서

– 위의 글에서 줄임표의 문학적 효과를 빈칸에 적어 보자. 줄임표를 통해 읽어낼 수 있는 뉘앙스는 다양하기 때문에 정해진 답이 있는 것은 아니다.

영감 가이드 282p

① 모던보이가 카페 '아틀란티스'에 여러 번 왔고, 항상 혼자 왔다는 사실을 스와니가 눈여겨보고 있었음을 의미심장하게 말하는 문장이다. 이때 줄임표를 통해 언제도 혼자 왔고, 또 언제도 혼자였다는 식의 많은 말을 생략했다.

②

③

④ 지은이가 글을 생략하기 위해 괄호 안에 넣어서 사용한 줄임표는 「모던보이」의 작가가 사용한 줄임표와 구별된다.

직유와 은유를 함께 수놓아라

"오늘도 혼자네요…… 스와니라고 해요."

스와니는 신여성 사이에 최신 유행하는 눈 화장을 하고 있었다. 작은 눈 위에 털 하나 없이, ①똑 부러진 나뭇가지 같은 두 개의 펜 자국만이 남아 있었다. 그녀는 그게 다 자기의 매력이라는 듯 두 눈썹을 힘차게 꿈틀거리며 미소지었다.

"무정에서 본 적 있어요…… 무정이요. 명치정에 있는. 그때도 혼자 왔잖아요. 마담한테 누굴 찾는다고 물어보고 그랬죠? 그 여자 찾았어요?"

'아틀란티스'도 다른 카페들과 똑같았다. ②손거울처럼 작고 뿌연 조명, 질 나쁜 축음기에서 흐르는 시끄러운 재즈 선율, 그 소리를 완전히 무시한 채 속닥거리는 연인들, 그리고, 기생 출신의, 또는 출신을 알 수 없는 다양한 여급들. 다만 다른 점이 있다면 다른 카페들보다 습기가 좀 더 많다는 것뿐이었다.

스와니는 깊게 숨을 들이마신 후, ③비둘기만한 담배 연기를 뿜어냈다. ④뚱뚱한 회색 비둘기는 실내를 가득 메운 뿌연 습기 속으로 뒤뚱거리며 날아갔다.

"어머, 제가 실례되는 질문을 한 건가요?"

스와니의 ⑤눈썹이 갈매기 날개처럼 힘차게 파닥거렸다. ⑥갈매기 역시 그녀로부터 미련 없이 날아가버릴 것 같았다.

"아닙니다."

『모던보이』 중에서

비유적인 표현법으로 직유법과 은유법이 있다. 둘 다 대상 사이에 공통점을 비유한 것이지만, 표현법은 다르다. 직유법은 모양이 같거나 비슷하다는 조사('같은' '처럼')를 사용하지만, 은유법은 본 대상을 숨기고 비유 대상을 더 드러내는 방법으로 직유법을 발전시킨 것이다. 『모던보이』의 인용문을 통해서 직유법을 어떻게 은유법으로 만드는지 배울 수 있다.

- 직유와 은유를 구분하여 적어 보자. 영감 가이드 282p

① '같은'을 사용한 직유법이다. 똑 부러진 나뭇가지와 펜으로 그린 눈썹을 비유했다.

②

③ ④

⑤ ⑥

따옴표로 직접 말하게 하라

큰따옴표(" ")는 글 가운데 직접 대화를 표시할 때나 남의 말을 인용할 때 사용하고, 작은따옴표(' ')는 생각이나 느낌, 특별한 표현을 강조할 때 사용한다. 문학적인 따옴표는 설명으로 표현할 때보다 숨겨진 의미를 드러내 줄 뿐만 아니라 더욱더 생생하게 전달하는 효과가 있다.

"오늘도 혼자네요······스와니라고 해요."①

스와니는 신여성 사이에 최신 유행하는 눈화장을 하고 있었다. 작은 눈 위에 털 하나 없이, 똑 부러진 나뭇가지 같은 두 개의 펜 자국만이 남아 있었다. 그녀는 그게 다 자기의 매력이라는 듯 두 눈썹을 힘차게 꿈틀거리며 미소지었다.

"무정에서 본 적 있어요······무정이요. 명치정에 있는. 그때도 혼자 왔잖아요. 마담한테 누굴 찾는다고 물어보고 그랬죠? 그 여자 찾았어요?"②

'아틀란티스'도 다른 카페들과 똑같았다. 손거울처럼 작고 뿌연 조명, 질 나쁜 축음기에서 흐르는 시끄러운 재즈 선율, 그 소리를 완전히 무시한 채 속닥거리는 연인들, 그리고, 기생 출신의, 또는 출신을 알 수 없는 다양한 여급들. 다만 다른 점이 있다면 다른 카페들보다 습기가 좀 더 많다는 것뿐이었다.

스와니는 깊게 숨을 들이마신 후, 비둘기만한 담배 연기를 뿜어냈다. 뚱뚱한 회색 비둘기는 실내를 가득 메운 뿌연 습기 속으로 뒤뚱거리며 날아갔다.

"어머, 제가 실례되는 질문을 한 건가요?"③

스와니의 눈썹이 갈매기 날개처럼 힘차게 파닥거렸다. 갈매기 역시 그녀로부터 미련 없이 날아 가버릴 것 같았다.

"아닙니다."④

분명 예쁜 여자도 있을 텐데, 카페에 오면 왜 꼭 화장 이상하게 한 못생긴 여자들만 말을 거는 것일까. 나는 잔에 묻은 위스키 방울을 손가락으로 꾹꾹 눌렀다.

"요새는 뭘 잃어버리는 사람들이 너무 많아요. 가게 닫을 때 보면 모자며 단장이며 주인을 잃어버린 불쌍한 물건들이 한가득이라니까요. 그러나……애인을 잃어버린 사람은 드물죠."⑤

스와니는 의미심장하게 눈을 찡긋거렸다.

"하지만, 나라도 잃어버린 판국인데 그까짓 애인쯤이야 뭐 대수겠어요."⑥

"나라를 찾는 것보다 애인을 찾는 게 더 어렵습니다."⑦

『모던보이』 중에서

- 따옴표가 어떤 문학적인 효과를 내는지 적어 보자. 영감 가이드 283p

① 모던보이는 아틀란티스에 여러 번 혼자 왔지만, 스와니는 오늘 처음으로 인사말을 건넨 것이다.

② 모던보이는 아틀란티스뿐만 아니라 다른 카페들도 돌아다니며 여자를 찾았고, 그것은 그 바닥 사람이라면 다 알고 있다는 뜻이다.

③ 이미 실례되는 질문을 해놓고 짓궂게 놀리는 대사이다.

④ 소설에서 주인공이 처음으로 내뱉는 대사로 그의 성격을 드러낸다.

⑤

⑥

⑦

내가 나에게 말을 걸게 하라

언어의 영감을 이해하기 위해서는 다양한 글쓰기의 형식을 알아두어야한다. 우선, 내가 나에게 말을 거는 독백체가 있다. 독백체는 혼자 중얼거리는 언어 표현을 활용한 글쓰기로, 말을 들어줄 상대가 없는 상황이나 여건에서 주로 사용한다. 김다은의 「쥐식인」에서 주인공은 소설 쓰기를 만류하는 가족에게 저항하기 위해 스스로 방에 고립된 상태이다.

> 누군가 내 방문 앞으로 쓱쓱 다가오고 있어.① 음…조심…② 방안의 기척을 살피더니 내 존재 따위는 개의치 않겠다는 듯 지나쳐 가버리는군. 문밖의 누군가가 내 방문을 열어 젖혀 주기를 내심 바라면서 귀를 기울이고 있었던 것은 아니야. 도리어 나는 내 마음의 귀에 집중하고 있었는데,③ 탄수화물이나 지방 등 몸에 꼭 필요한 성분이 부족한 상태에서 약간의 미열과 함께 바깥의 움직임이 조금 예민하게 느껴졌을 뿐이야. 도대체 이들은 언제 내 방에 들어온 것일까?④ 정체를 알 수 없는 박스들과 비닐 뭉치 사이를 헤치며 돌아와 나는 방 깊숙이 웅크리고 다시 앉았어. 저들이나 나나 방에 퍼지르고 있지만, 언젠가 쓰일 날이 있겠지.
>
> 아!⑤ 낮인지 밤중인지 헷갈려. 쉬고 있는데도, 쉬지 않고 지칠 줄 모르는 무엇인가 내 안에서 솟구치고 있어. 방문을 열고 내가 뛰쳐나가지 못하는 이유가 이 때문일까. 내 스스로 이 골방에 갇혀 버린 정확한 이유를 저들은 알기나 하는 것일까?⑥ 시초는 며칠 전 아침에 일어난 그 사건이라고 밖에 말할 수 없겠지. 밤새 글 쓴답시고 버티고 있다가 종이 눈사태와 함께 새벽에 잠들었던, 다른 날과 별반 다를 바 없던 다음 날 아침에 일어난 일 말이지.
>
> 「쥐식인」 중에서

「쥐식인」의 인용문을 보면 독백체의 특징을 살펴볼 수 있다.

① 골방에서 혼자 중얼거리는 독백체는 예의를 갖추거나 일반적인 대화와는 다른 '-어', '지' 등으로 어미 처리를 한다.

② 독백체는 줄임표나 쉼표를 빈번하게 사용할 수밖에 없다.

③ 독백하는 상황임을 암시하거나 명기한다.

④ 상대방에게 하는 말이 아니기 때문에 시공간의 이동이나 시선의 이동이 갑작스러운 것을 볼 수 있다. 방문 밖 가족들의 기척을 살피다가 방에 웅크리고 있는 박스들과 비닐 뭉치로 시선이 옮겨가고, 보이고 느끼는 대로 시선이나 생각이 바뀐다.

⑤ 자신의 감정을 감탄사 등으로 자유롭게 표현한다.

⑥ 스스로 묻고 스스로 답하려고 노력한다.

- 「쥐식인」을 읽고 독백체의 특징을 추가로 적어 보자.

혼자 중얼거리는 습관이 '증상'으로 나타날 때, 음송체가 된다. 고백체가 단순히 말을 들어줄 상대자가 없는 상황에서 하는 중얼거림이라면, 음송체는 '음송증'이라는 병리학적 징후로서의 언어 표현을 차용한 것이다. 김형경의 「담배 피우는 여자」는 남편의 폭력에 의해 죽은 옆집 여자를 목격한 화자가 담배를 피우게 되면서 남편과 아내의 관계에 대한 회의와 허무감을 음송체로 풀어낸 작품이다.

　　산의 움직임이 심상치 않습니다. 바람이, 북풍이 분명한 바람이 산의 이마를 쓰다듬고 지나갑니다. 바람의 손길 아래서 산은 더 많은 바람을 불러 모으는 굿거리 동작으로 온몸을 뒤척이고 있습니다. 아무래도, 오늘 밤 안으로 저 산이 비를 불러올 것 같습니다. 푸른 머리채를 휘저으며, 온몸을 뒤척이며, 산이 기우제를 올리는 모양입니다. 저 빨래 건조대가 또 비를 맞겠군요.

　　보이세요? 저기, 옆집 베란다에 놓인 빨래 건조대 말입니다. 빨갛고 굵은 테두리에, 그 사이를 가로지르는 희고 가는 쇠막대기로 이루어진 빨래 건조대. 단순한 형태의 무생물이지요. 그러나 어쩌다 시선이 닿을 때마다 저 물체가 살아 있는 생물처럼 보이곤 한답니다. 앙상한 뼈를 드러낸 채 굶주림과 추위에 떠는 짐승처럼요.

「담배 피우는 여자」 중에서

음송체와 독백체는 공통점이 많은데, 시선의 이동이 자유롭다거나, 스스로 묻고 답하거나, 자신의 감정을 감탄사 등으로 표현한다. 하지만 주인공의 고립에 대한 심리적 양상이 다르기 때문에 글쓰기 기법에는 차이가 나는 것을 볼 수 있다.

독백체 「쥐식인」은 단순히 혼자 외롭게 웅얼거리는 글쓰기가 아니다. 스스로 택한 고립은 소통의 단절을 위해서가 아니라 창의적인 글쓰기를 위한 선택이었기 때문이다. 반면에 「담배 피우는 여자」는 담배 피우는 옆집 여자의 불행을 목격하고, 또 다른 담배 피우는 여자가 되면서 일어난 음송적 글쓰기이다.

「쥐식인」의 주인공은 아버지가 던졌던 질문에 대답을 하면서 2인 1역도 하고, 점점 더 많은 사람의 소리가 들려 누가 한 말인지 구분이 생기지 않을 때도 생긴다. 나중에는 자신이 쓰는 소설 주인공의 말도 섞여 들어와서 열린 소통이 일어난다. 하지만 「담배 피우는 여자」의 주인공은 옆집 남편이 그의 아내에게 보인 폭력이 그녀를 사랑해서였다는 이유를 들었을 때, 자기 자신에 대한 남편의 마음의 거리를 더 확인하게 된다.

그래서 「쥐식인」에서는 고립을 통해 사람들의 억압을 벗어나서 창의적인 글쓰기로, 그래서 소설 주인공이 작가로 변하는 마술이 일어나는 반면, 「담배 피우는 여자」에서는 담배 연기처럼 공중으로 날아오르지 못하고 삶의 무거운 무게를 지고 살아가는 여성들의 고통을 대변한다는 점에서 영감을 준다. 특히, 「담배 피우는 여자」는 그 음송체가 갖는 단조로움을 극복하기 위한 리듬과 운율의 조탁이 뛰어난 작품이다. 260p

독점적 대화체의 특성을 이해하라

소설 속 인물들끼리 대화하는 때는 흔히 큰따옴표로 표시한다. 이때 대화는 서로가 주고받는 형식으로 대화의 주도권이 한 사람에게만 있지 않다. 반면에 한 사람이 대화의 주도권을 이끌고 나가는 글쓰기를 여기서는 독점적 대화체라고 부르겠다. 다음은 조경란의 「불란서 안경원」의 첫 부분이다.

자, 오른쪽 둘째손가락에 렌즈를 올려놓고 왼쪽 손가락으로 윗 눈꺼풀을 당겨서 눈을 크게 뜨세요. 네, 그렇게요. 그리고 오른쪽 셋째 손가락으로 아래 눈꺼풀을 아래로 당기면서 이렇게, 이렇게 렌즈를 검은 동자 위해 가볍게 붙이세요. 이때 가까이, 살짝 밀어준다는 느낌으로 하세요. 눈썹이 하나라도 걸리면 안 들어갑니다. ……후후후, 처음엔 땀나지요. 자, 다시 해보세요. 왼손으로, 그렇지요. 그렇게 조금만, 조금만 더 가까이…… 잠깐 쉬었다 할까요? 땀을 너무 많이 흘리시네요. 긴장하지 마세요. 긴장하면 더 안 들어가요. 제가 끼워드릴 수도 있지만 본인이 해야 눈이 더 벌어지거든요. 자, 다시 해볼까요…… 그렇게 네, 네, 조금만 더 가까이…… 이러다 오늘 집에 못 가시겠네요. 골때린다고요? 골때리면 아프기만 하죠. 그럼 저는 저기 앉아 있을 테니 혼자 해 보시겠어요?

이십대 중반 정도의 젊은 남자는 벌써 삼심 분이 지나도록 렌즈 하나를 제 눈에 끼워 넣지 못하고 있었다. 실패할 때마다 렌즈를 식염수에 헹궈준 것이 벌써 스물다섯 번이 넘었다. 드물기는 하지만 한 번에 잘 착용하는 사람이 있는 반면에 이 절은 남자처럼 수십 번을 해도 잘 끼우지 못하는 사람들이 있다. 눈이 작고 속눈썹이 많은 사람들일수록 그렇다. 남자는 내가 제 얼굴에 손을 댔을 때부터 땀을 흘리기 시작하였다. 에어컨을 틀어놓은 지금, 실내온도는 이십사 도를 넘지 않을 것이다. 만약 내가 여자 안경사가 아니었더라면 남자는 땀을 흘리지도 않고 단번에 렌즈를 끼웠을지도 몰랐다.

「불란서 안경원」 중에서

조경란의 「불란서 안경원」은 안경점 여주인 '나'가 손님에게 콘택트렌즈 끼우는 법을 알려 주는 장면으로 시작된다. 이때 '나'가 말하는 부분이 첫 문단 전체를 차지한다. 손님에게 콘택트렌즈 끼우는 법을 계속 알려 주는 것이다.

그렇지만 '나'는 혼자 말하는 것이 아니라 독점적 대화를 하고 있음을 염두에 두어야 한다. 두 사람의 대화가 오가지만 '나'가 대화를 독점하고 있다. 손님의 대화까지 여주인이 독점적으로 표현한다는 뜻이다. "골때린다고요? 골때리면 아프기만 하죠."처럼 손님이 여주인에게 한 말까지 여주인이 독자에게 전하는 방식이다.

독점적 대화체라는 표현만 들으면 말을 독점하는 쪽이 상대적으로 우위에 있을 것 같지만, 꼭 그렇지만은 않다. 「불란서 안경점」의 여주인은 남편과 이혼하고 우울증에 빠져 있는 상태에서 생계를 유지하기 위해 렌즈를 하나라도 더 파는 것이 매우 절박하다. 그런데 렌즈를 스물다섯 번이나 헹궈 줘도 끼우지 못하는 남자 손님은 여자 안경사 앞에서 부러 늦장을 부리는 것처럼 보인다. 이때 독점적 대화체는 불리한 위치에 있는 자가 끊임없이 어필해야 하는 상황의 일방적인 대화이다.

- 큰따옴표를 사용하는 대화와 독점적 대화체의 차이점이 무엇인지 생각해 보자.

- 독점적 대화체 기법이 사용된 작품을 찾아 적어 보자.

박완서의 단편소설 「그리움을 위하여」는 「불란서 안경원」과 차별되는 독점적 대화체를 사용하고 있다. 주인공 '나'는 어렸을 때 한집에서 자란 사촌 동생을 가정부로 들이게 된다. 사촌 동생은 남편이 사기를 당해 늦은 나이에 집을 날리는 경제적 어려움을 겪고, 사기로 충격을 받아 쓰러진 남편의 병 수발까지 들고 있었다. '나'는 그녀를 사촌 동생이라기보다 가정부처럼 여긴다. 그녀는 '나'의 남편 병 수발도 해 준다. 하지만 두 여자의 남편들은 차례로 떠난다. 그러다가 어느 여름, 사촌 동생이 사량도에 피서를 갔다가 돌아오지 않는다. 추석을 앞두고 돌아온 그녀는 그곳에서 만난 인연에 대해 털어놓는데, 이때 사용된 것이 독점적 대화체이다.

언니, 난 처음부터 이런 일이 있을 줄 알고 섬에 간 건 아니야. 그렇지만 가보니까 민박집은 계획적이었더라구. 날 그냥 놔두면 안 되겠다 싶었나 봐. 그렇게 지내길 일주일도 안 돼서 청혼이 들어온 거야. 삼천포까지 배 타고 나가서 다방에서 만났는데 낯익은 얼굴이더라구. 작은 섬이니까 빤하잖아. 내가 또 오죽 빨빨거리며 쏘다녔수. 홀아비인 줄은 몰랐지만 점잖기가 꼭 교장선생님 같아서 길을 비켜 드리며 인사를 하곤 했던 분이었어. 그게 다냐구? 물론 나를 맞선을 보이려고 삼천포까지 끌고 나가기 전에 민박집이 오죽 나를 꼬셨겠어. 언니도 감언이설은 무슨, 그게 아니라 한 동네서 겪어본 그 노인네 썸썸이랑, 집안 사정이랑, 재산 정도랑 겪어본 대로의 그 노인 속내를 일러주면서 나한테는 과분한 혼처라는 거지. 교장 선생님은 아니었지만 그 노인이 제일 되고 싶었던 게 교장선생님이었대. 상처한 지는 일 년도 안 돼. 금년 이월이었다니까. 금슬 좋기로 동네서 소문난 부부였다나. 남들은 어떻게 생각할지 모르지만 언니, 난 그 소리가 젤로 마음에 들더라. 우리도 소문난 잉꼬부부였으니까. 그래야 서로 꿀릴 게 없잖우. 다 된 밥인데 새삼스럽게 맞선은 뭣 하러 봤냐구?

「그리움을 위하여」 중에서

「그리움을 위하여」에서 독점적 대화의 주인공은 '나'가 아니라 가정부나 다름없던 사촌 동생이다. 앞 페이지의 인용문은 처음부터 끝까지 사촌 동생의 입을 통해 나온 말이다. 하지만 독점적 대화 속에서 상대방인 '나'의 대화가 간접적으로 드러난다. '그게 다야?' '감언이설에 속은 것은 아니지?' '새삼스럽게 맞선은 뭣 하러 봤냐?' 사촌 동생이 주도적으로 대화를 끌고 나가는 과정에 중간중간 참견하거나 질문하는 '나'의 발언이 사촌 동생의 입을 통해 함께 나온다. '나'가 중간중간 개입한 말을 따옴표 없이 사촌 동생이 직접 사용한다.

이때 사촌 동생의 독점적 대화체는 「불란서 안경원」의 여주인처럼 불리한 위치에 있어서가 아니라, 새로운 사랑을 통해 자신의 감정을 되찾은 상태에서 기쁘게 뱉어내는 말들이다. 주인공 '나'의 권위에 전혀 억눌리지 않고 자유로워진 상태에서 주도적으로 대화를 이끌고 간 것이다. 주인공 '나'가 그녀를 가정부가 아닌 사촌 동생으로 받아들이게 된 것도 사촌 동생의 변화와 더불어 독점적 대화체의 힘이었음을 알 수 있다.

- 조경란의 「불란서 안경원」과 박완서의 「그리움을 위하여」가 사용하는 독점적 대화체의 공통점과 차이점에 대해 더 생각해 보자. 사유

미국 작가 레이먼드 카버의 창작집 『제발 조용히 좀 해요』에 실린 첫 번째 단편소설 「뚱보」는 독점적 대화체의 문학적인 효과를 극명하게 보여 주는 작품이다. 식당에서 일하는 주인공 '나'는 낮에 손님으로 왔던 '뚱보'를 두고 사람들의 반응이 어떠했는지를 리타에게 전한다. 독점적 대화의 주권은 '나'에게 있지만, 그 대화 안에 타인들의 대화가 빠짐없이 들어있어 매우 흥미롭다. 아래 인용문은 여러 페이지에서 발췌하여 페이지를 명기했다.

나는 친구 리타네 집에서 커피를 앞에 놓고 담배를 피워가면서 그 일에 대해 이야기하는 중이다. 다음은 내가 그녀에게 얘기한 내용이다. (9p)

안녕하세요? 주문을 받을까요?① 내가 말했지②

안녕하세요, 좋은 저녁이네요. 우리 이제 주문할 준비가 된 것 같은데요③ 하고 그가 말했지④ 그는 이런 식으로 말했어 - 이상하지 않니? 그리고 때때로 조금씩 쌕쌕거리는 소리를 내더라. (10p)

나는 서둘러 주방으로 가서 루디에게 주문서를 내밀었어. 주방을 나오는데 마고가 - 마고 얘기한 적 있지? 루디 쫓아다니는 애- 그 애가 묻는 거야, 저 뚱땡이 누구니?⑤ 라고⑥ 그 사람 진짜 뚱보야⑦ (10-11p)

조금 있다가 빵을 더 갖다줬는데, 그새 샐러드를 다 먹었더군. 시저 샐러드가 얼마나 양이 많은지 알지?

정말 친절하시네요. 이 빵 정말 맛있습니다⑧, 그러더라.⑨ (11p)

보고 잊어버릴 수 있는 그런 사람이 아니네,⑩ 리타가 킬킬거리면서 끼어들었다. (12p)

맙소사, 정말 뚱뚱하네!⑪ 리앤더가 말했어.⑫

저 사람도 어쩔 수 없어, 그러니 그만해,⑬ 내가 대꾸했어.⑭ (12p)

뭐 불편한 건 없으신지요?⑮ 내가 물었지.⑯

없어요⑰, 그러면서 쌕쌕거리더라.⑱ (13p)

나는 주방으로 가서 직접 그 사람 디저트를 챙겼어. 그런데 루디가 그러는 거야, 해리엇이 그러는데 당신 서커스단의 뚱보를 받았다며? 사실이야?⑲ (14p)

루디, 저 사람은 뚱뚱해, 그렇지만 그게 다는 아니야.ⓐ

루디는 웃기만 했어.ⓑ

이 여자, 뚱땡이를 좋아한다는 얘기 같군.

그때 막 주방으로 들어온 조앤이 말했어.ⓒ 조심하는 게 좋아, 루디.ⓓ

질투가 나는군.ⓔ 루디가 조앤에게 대답했어.ⓕ (15p)

그게 다야. 더는 없어. 그 사람, 디저트를 먹고 갔어. 루디와 나도 집으로 갔고.

망할 놈의 뚱땡이.ⓖ 피곤할 때면 늘 그러듯이 기지개를 켜면서 루디가 그렇게 말하더군.ⓗ (16p)

나는 물을 찻주전자에 따르고 찻잔이랑 설탕 단지랑 우유를 반 섞은 크림 한 통을 쟁반에 담아서 루디에게 가져갔어. 루디 역시 그 일을 내내 생각하고 있었던지 이런 말을 했어.

내가 어렸을 때 뚱뚱한 애가 한둘 있었지. 정말 뚱뚱했어. 그야말로 굴러다녔지. 그 애들 이름은 기억이 안 나. 그중 한 아이는 뚱보라는 이름만 가지고 있었어. 우린 그 애를 뚱보라고 불렀지.ⓘ 난 할 말이 생각나지 않았어. 그래서 우린 그냥 차를 마셨고 나는 곧 일어나서 자러 갔어. 루디도 일어나서 텔레비전을 끄고 현관문을 잠그고 옷을 벗기 시작했지.

말도 안 돼.ⓙ 하고 리타가 말하지만 나는 그녀가 그걸 어떻게 생각해야 할지 알 수 없어 한다는 걸 알 수 있다. (17p)

나는 우울해진다. 하지만 그녀와 그 얘기를 계속하지는 않을 것이다. 벌써 그녀에게 너무나 많은 것을 말했다.

그녀는 우아한 손가락으로 머리카락을 매만지며 기다리고 있다.

뭘 기다리는 것일까? 난 알고 싶다.

8월이다.

내 인생은 변할 것이다. 나는 그것을 느낀다.ⓚ (17p)

「뚱보」 중에서(각 페이지)

레이먼드 커버의 「뚱보」의 독점적인 대화체에 사용된 특이한 기법을 분석해 보면 다음과 같다.

① '나'가 '뚱보'에게 한 말

② '나'가 '뚱보'에게 한 말 ①을 다시 리타에게 전해 주는 말

③ '뚱보'가 '나'에게 주문하는 말

④ '뚱보'가 '나'에게 주문하는 말 ③을 다시 리타에게 전해 주는 말

⑤ 주방의 마고가 '나'에게 뚱보를 비난한 말

⑥ 주방의 마고가 '나'에게 한 말 ⑤를 다시 리타에게 전해 주는 말

⑦ '나'가 리타에게 하는 말

⑧ '뚱보'가 '나'에게 한 말

⑨ '뚱보'가 '나'에게 한 말 ⑧을 다시 리타에게 전해 주는 말

⑩ 리타가 '나'에게 한 말

⑪ 리앤더가 '나'에게 뚱보를 흉본 말

⑫ 리앤더가 '나'에게 한 말 ⑪을 다시 리타에게 전해 주는 말

⑬ '나'가 리앤더에게 한 말

⑭ '나'가 리앤더에게 한 말 ⑬을 다시 리타에게 전해 주는 말

⑮ '나'가 '뚱보'에게 질문한 말

⑯ '나'가 '뚱보'에게 질문한 말 ⑮를 다시 리타에게 전해 주는 말

⑰ '뚱보'가 '나'에게 한 대답

⑱ '뚱보'가 '나'에게 한 대답 ⑰을 다시 리타에게 전해 주는 말

⑲ 해리엇이 '나'에게 '뚱보'에 대해 빈정대는 말

- 앞의 분석을 참고하여 「뚱보」 인용문의 나머지 부분을 분석해 보자.

영감 가이드 283p

ⓐ

ⓑ

ⓒ

ⓓ

ⓔ

ⓕ

ⓖ

ⓗ

ⓘ

ⓙ

ⓚ 주인공 '나'가 독자에게 들려주는 말

- 레이먼드 커버의 단편집 『제발 조용히 좀 해요』의 제목과 「뚱보」의 대화 체가 어떤 관계가 있는지 생각해 보자. 사유

서간체의 다양한 기법을 활용하라

    김다은의 장편소설 『훈민정음의 비밀』은 처음부터 끝까지 79통의 편지로만 이루어진 우리나라 최초의 서간체 장편소설이다. 자선당의 연못에서 죽은 어린 궁녀 여영의 옷가지에서 한 통의 서찰이 발견되는데, 죽은 여자의 수만큼 남자들이 죽어갈 것이라는 괴이한 내용이다. 서찰을 쓴 자로 추정되는 봉 씨는 나인과 동성애 관계를 맺었다는 이유로 폐서인이 되었다가 오래전에 죽은 문종의 두 번째 왕비이다. 하지만 어린 궁녀가 왜 이 서찰을 품고 나신으로 발견되었는지는 알 수 없다. 다음 인용문은 발신자와 수신자를 전제로 한 서간을 소설에 어떻게 활용하는지를 보여 주는 부분이다.

> 예쁜이가 금자에게
>
> 그런데 아주 이상한 광경이 내 눈에 들어왔다. 어떤 이가 아주 빠른 걸음으로 이쪽으로 걸어왔다. (…) 하지만 눈에 띄지 않으려는 듯 행동이 조심스럽지 뭐냐. 나인은 혜빈 마마 전각 곁의 노송 밑, 큰 바위 아래에 무엇인가를 숨기는 모양새였다. 내가 보고 있는 줄 모르고! 그리고는 서둘러 사라졌다. (…)
>
> 오! 금자야! 그 서찰을 읽는 순간, 이상한 생각이 들었다. 네가 나에게 이야기해준, 죽은 나인의 이름이 여영이었지. 여영의 죽음 때문에 의심받을지 모르니 서로 주고받던 서찰을 중단하자고 했으니, 오! 이게 무슨 뜻이겠냐! 여영의 죽음과 관련이 있는 사람들이 아니겠냐. 그래서 살그머니 내 속바지에 숨겨왔다. 이번에 네가 그 나인의 사인을 찾으면 좀 좋겠냐. 김씨 형님의 코를 납작하게 해주고 구박도 덜 받게 될 것이다. 남의 서찰을 가로챌 생각은 없었고, 단지 너에게 도움이 될 것 같아서, 말하자면 잠깐 훔쳤다. 그 서찰을 잠깐 너에게 보여주어야겠다는 생각이 든 것뿐이야. 그 서찰을 읽어보고 나서 도로 혜빈 마마 전각 옆의

소나무 아래에 도로 넣어두기 바란다.

『훈민정음의 비밀』 중에서

소나무 바위 밑에서 찾은 서찰

단지야! 여영의 죽음 때문에 사람들이 의심할 수도 있으니, 당분간 서로 글을 주고받거나 만나는 일은 없어야 할 것 같다. 연락할 때까지 절대 서로를 만나려는 시도를 하지 말고, 조용히 기다리고 있기를 바란다.

사랑하는 소쌍

『훈민정음의 비밀』 중에서

금자가 예쁜이에게   1448년 6월 4일

네게 나에게 넘겨준 서찰, 그래, 누군가 이 서찰을 숨겨 놓았다면 그 서찰을 찾아가는 이가 있을 것이라는 생각이 들었다. 혜빈 양씨 전각 뒤에 숨어서 누가 그 서찰을 찾아가는지 숨을 죽이고 살펴보았다. 아니나 다를까. 한 나인이 여러 차례 주변을 맴돌며 아무도 없는지 확인한 후 소나무 밑 바위 아래를 들여다보았다. 물론 그 바위 밑에서 서찰을 찾아낼 수 없었을 것이다. 내가 서찰을 도로 놓아두지 않았기 때문이다.

『훈민정음의 비밀』 중에서

서간체 소설은 서간을 근간으로 했지만, 서간 자체가 갖지 못하는 다음과 같은 특징이 있다.

1) 편지를 중간에 훔쳐 가 버려 전달되지 않을 수 있다.

2) 본래 수신자가 아니라 우연히 다른 수신자의 손에 들어갈 수도 있다.

3) 써 놓고 부치지 않을 수도 있다.

4) 가짜 편지도 가능하다.

5) 편지를 대필함으로써 대필자가 내용을 수정할 수도 있다.

6) 편지의 날짜를 잘못 적어 오해가 생길 수도 있다.

7) 글씨체에 따라 여러 가지 변수가 있다.

8) 받아 놓고 읽지 않을 수도 있다.

9) 원본과 복사본이 어떤 변수를 만들 수도 있다.

- 서간체를 활용한 작품을 찾아서 서간체의 특징을 살펴보자. 사유

살아 오면서 꼭 한 번 편지를 써보고 싶었던 사람에게 편지를 쓰도록 하자.
편지 쓸 사람이 생각나지 않으면 자신에게 쓰도록 하자.

상담체로 상담의 고정관념을 깨뜨려라

앞에서 살펴본 박성원의 「중심성맥락망막염」은 항상 병원에서 진지하게 이루어지는 상담의 고정관념을 깨준 작품이다. 여기서는 상담체의 특징을 살펴보자.

> "사람들이 저를 왜 구더기 사내라고 부르는지 아십니까?"
>
> 구더기 사내는 그렇게 말을 하곤 참으로 이상한 미소를 지었다. 눈을 뙤룩뙤룩 뜨고는 가량가량히 입술을 쭈뼛거렸는데, 그것은 미소라기보다 마치 "거 봐, 내 말이 맞지"라고 이죽거리는 듯 한 표정이었다. 중세 시대의 수도사 같은 그의 원형 탈모 머리가 할로겐램프를 수직으로 받아 아등그러질 것 같았다. 친구는 뜸 들이지 말고 어서 말해보라는 듯이 그에게 술을 권했다. 구더기 사내는 술잔을 받으면서도 "거 봐, 내 말이 맞지"라고 말하듯 입가에 다시 얄팍한 미소를 떠올렸다.
>
> "과학과 의학이 진보했다고는 하나 그것이 만병통치는 아니지요. 페니실린이 20세기 들어 최고의 발명품이란 말이 있습니다. 또 지금은 페니실린보다 월등히 뛰어난 항생제가 더욱 많이 쏟아져 나오고 있고요. (…) 기술이 아무리 진보하더라도 인간의 문제를 해결하는 데는 아무런 도움이 되지 않습니다. 어찌 보면 세상은 우리가 할 수 있는 일을 찾기도 전에 시작한 것이 분명합니다. 그렇지 않다면 우리의 의지는 왜 세상에 간여하지 못하는가 이 말입니다. 적어도 나는 그렇게 믿고 싶습니다."
>
> 친구의 말이 끝나자 구더기 사내는 고정된 듯한 몸을 살짝 풀어 아름작거리던 입술에 술잔을 갖다 대었다. 그러고는 다시 한동안 가만히 있었다. 친구가 대답을 기다린다는 듯이 볼펜으로 노트를 툭툭 치면서 녹음기를 바라보았다. 잠시 후 구더기 사내는 다시 특유의 이상한 미소를 머금고 말을 했다.

「중심성맥락망막염」 중에서

- 박성원의 「중심성맥락망막염」을 읽고 난 다음, (　)를 채워 보자. 복수로 선택해도 좋다. 영감 가이드 283p

   1) 상담의 시공간이 병원이 아니라 (　　　　　　)이다.
      가정집, 술집, 공원

   2) 상담자와 피상담자만 있지 않고, (　　　　)가 같이 배석하고 있다.
      청중, 가족, 쌍둥이 형제, 친구

   3) 상담의 형식이 (　　　　　)이다.
      묻고 답하는 방식, 일방적으로 떠드는 방식

   4) 상담자가 갖추고 있는 것은 (　　　　　)이다.
      공개 녹음기, 비밀 녹음기, 노트, 볼펜, 공개 촬영 카메라, 비밀 촬영 카메라

   5) 상담 내용은 (　　　　　)이다.
      중심성맥락망막염 치료, 심리상담, 환자의 이전 상담 내용

- 이 소설을 통해 일어난 상담의 고정관념이 어떻게 깨어졌는지 생각해 보자.

사유

언어의 영감 비법을 스스로 발견하라

영감의 글쓰기를 위한 본인만이 가지고 있는 비법을 적어 보자. 없다면 앞서 배운 것을 통해 새로운 비법을 스스로 찾아 계속 적어 나가자.

작가의 책 가이드

· 김다은, 「쥐식인」『쥐식인 블루스』, 작가, 2012

· 김애란, 「서른」『비행운』, 문학과지성사, 2012

· 김형경, 「담배 피우는 여자」『담배 피우는 여자』, 문학과지성사, 1995

· 박성원, 「중심성맥락망막염」『나를 훔쳐라』, 문학과지성사, 2000

· 박완서, 「그리움을 위하여」『황순원문학상 수상작품집(2001)』, 중앙m&b, 2001

· 신경숙, 「풍금이 있던 자리」『풍금이 있던 자리』, 문학과지성사, 1993

· 이지민, 『모던보이』, 문학동네, 2008

· 조경란, 「불란서 안경원」『불란서 안경원』, 문학동네, 1997

· 레이먼드 카버, 손성경 역, 「풍보」『제발 조용히 좀 해요』, 문학동네, 2004

· 마루야마 겐지, 김춘미 역, 『물의 가족』, 사과나무, 2012

9장의 내용과 관련하여, 각자 영감을 받은 책들을 적어 보자.

독서는 하나의 창조 과정이다.
- 일리야 에렌부르크

10장

글쓰기의 리듬과
춤추라

음악은 이름 지을 수 없는 것들을 이름 짓고

알 수 없는 것들을 전달한다.

– 레너드 번스타인

난센스 퀴즈를 맞혀 보자.

소설에도 리듬이 있을까?

영감 가이드 284p

소설에도 리듬이 있을까

음악에 리듬이 있듯이 언어에도 리듬이 있다. 언어의 리듬 하면 시를 떠올리지만, 산문에도 리듬이 있고, 소설에도 리듬이 있다. 소설뿐만 언어 자체에는 리듬이 있다. 사람마다 다른 리듬으로 말하듯이, 글쓰기의 리듬도 제각각 다르다. 프랑스 언어학자 앙리 메쇼닉은 각 작가의 글쓰기에 나타난 리듬의 특이성을 '글쓰기의 주체'라고 불렀다. 각운처럼 정해진 형태가 아니라, 기표와 기의가 일원화된 의미화 과정으로서의 리듬을 의미한다. 이는 텍스트의 언어학적 기호들과 의미가 일원화되어 '한 텍스트 내의 모음적-자음적 조직 체계'로 표현된 리듬이다.

영감의 글쓰기에서도 다음과 같은 리듬의 효과를 활용하여 문학성을 높일 수 있다.

1. 각운을 사용한다.
2. 두운을 사용한다.
3. 한 문장 안의 운율을 사용한다.
4. 문장과 문장 사이의 운율을 활용한다.
5. 한 작품의 전체 리듬의 그물망을 만든다.

리듬은 형태적인 반복일까

이상(李箱)의 『날개』는 1936년 일제강점기 유곽을 공간으로 한 단편소설이다. 소재가 특이하고 주제의 완성도가 높은 이 소설의 문학적 백미는 프롤로그에 해당하는 앞부분이다. 주인공이 지식인임을 표방하는 이 짧은 글은 상당히 현학적이지만, 독자는 그 안에 숨어 있는 리듬에 매료되어 자신도 모르게 안으로 끌려 들어간다.

'박제(剝製)가 되어 버린 천재'를 아시오? 나는 유쾌하오. 이런 때 연애까지가 유쾌하오.

육신이 흐느적흐느적하도록 피로했을 때만 정신이 은화(銀貨)처럼 맑소. 니코틴이 내 횟배 앓는 뱃속으로 스미면 머리 속에 으레 백지가 준비되는 법이오. 그 위에다 나는 위트와 패러독스를 바둑 포석처럼 늘어놓았소. 가증할 상식의 병이오.

나는 또 여인과 생활을 설계하오. 연애 기법에마저 서먹서먹해진, 지성의 극치를 흘낏 좀 들여다본 일이 있는, 말하자면 일종의 정신분일자(情神分逸者) 말이오. 이런 여인의 반(牛) - 그것은 온갖 것의 반이오 - 만을 영수(領收)하는 생활을 설계한다는 말이오. 그런 생활 속에 한 발만 들여놓고 흡사 두 개의 태양처럼 마주 쳐다보면서 낄낄거리는 것이오. 나는 아마 어지간히 인생의 제행(諸行)이 싱거워서 견딜 수가 없게끔 되고 그만둔 모양이오. 굿바이.

굿바이. 그대는 이따금 그대가 제일 싫어하는 음식을 탐식(貪食)하는 아이러니를 실천해 보는 것도 좋을 것 같소. 위트와 패러독스와……

그대 자신을 위조(僞造)하는 것도 할 만한 일이오. 그대의 작품은 한 번도 본 일이 없는 기성품에 의하여 차라리 경편(輕便)하고 고매(高邁)하리다.

　19세기는 될 수 있거든 봉쇄하여 버리오. 도스토옙스키 정신이란 자칫하면 낭비일 것 같소. 위고를 불란서의 빵 한 조각이라고는 누가 그랬는지 지언인 듯싶소. 그러나 인생 혹은 그 모형에 있어서 '디테일' 때문에 속는다거나 해서야 되겠소? 화를 보지 마오. 부디 그대께 고하는 것이니……. "테이프가 끊어지면 피가 나오. 생채기도 머지않아 완치될 줄 믿소. 굿바이." 감정은 어떤 '포즈'. (그 '포즈'의 원소만을 지적하는 것이 아닌지 나도 모르겠소.) 그 포우즈가 부동자세에까지 고도화할 때 감정은 딱 공급을 정지합네다.

　나는 내 비범한 발육을 회고하여 세상을 보는 안목을 규정하였소. 여왕봉과 미망인— 세상의 하고 많은 여인이 본질적으로 이미 미망인이 아닌 이가 있으리까? 아니, 여인의 전부가 그 일상에 있어서 개개 '미망인'이라는 내 논리가 뜻밖에도 여성에 대한 모독이 되오? 굿바이.

『날개』 중에서

　우선, 문장 끝의 단어들이 만들어내는 형태적인 리듬이 각운이다. 그러므로 각운을 파악하는 방법은 마지막 단어들의 반복을 살펴보면 된다. 가령, 첫 번째 문단은 동일한 음이 반복되는 '평운'을 취하고 있다. 문장의 끝이 '오'로 반복(아시오 - 유쾌하오 - 유쾌하오)되도록 구성되어 있다.

　두 번째 문단은 시의 교차운(abab)처럼 구성되었다. 문장의 끝이 '소-오-소-오(맑소 - 법이오 - 늘어놓았소 - 병이오)'로 상응한다.

세 번째 문단은 다시 '오'가 반복되어 평운 형태를 이루고 있다(설계하오 - 반이오 - 말이오 - 것이오 - 모양이오).

네 번째 문단의 특이성을 살펴보면, 단순한 형태의 반복이 아니라 문학적인 리듬을 볼 수 있다. 세 번째 문단의 끝 단어인 '굿바이'가 네 번째 문단의 첫 부분에서 반복됨을 알 수 있다. 이러한 끝과 처음의 상응은 특이한 두운의 전환으로 이어진다. '나'로 시작되던 문장들이 '그대'로 시작되는 문장들로 바뀐다. 하지만 '감정이 정지합네다' 이후, 글쓰기는 다시 '나는'으로 돌아온다.

> **나는** 유쾌하오.
> **나는** 위트와 패러독스를 바둑 포석처럼 늘어놓았소.
> **나는** 또 여인과 생활을 설계하오.
> **나는** 아마 어지간히 인생의 제행(諸行)이 싱거워서 견딜 수가 없게끔 되고 그만둔 모양이오.

> **그대는** 이따금 그대가 제일 싫어하는 음식을 탐식하는 아이러니를 실천해 보는 것도 좋을 것 같소.
> **그대** 자신을 위조하는 것도 할 만한 일이오.
> **그대의** 작품은 한 번도 본 일이 없는 기성품에 의하여 차라리 경편하고 고매하리라.
> 부디 **그대께** 고하는 것이니…….
> **나는 내** 비범한 발육을 회고하여 세상을 보는 안목을 규정하였소.

이처럼 리듬은 단순히 각운이나 두운처럼 형태적으로 맞추는 것이 아니라, 기의와 기표의 일원화로 새로운 의미화 과정을 가능케 하는 것이다. 글의 뜻과 리듬이 만들어내는 의미화 과정은 마치 노래 가사와 멜로디가 함께 어울려 노래를 만들어 내는 과정과 같다.

두운과 각운 외에, 문장 안에서도 리듬의 효과를 살릴 수 있다. 가령, 'ㅇ' 과 'ㅎ'이 음성적 운율 외에도 그래픽 운율을 보여 준다. 이들은 육신이 흐느 적거릴 때 머리가 맑아지는 상황을 강화한다. 반면에 'ㅍ'과 'ㅂ'은 반복되어 피로에도 불구하고 백지를 채우는 지식인의 상태를 강화한다.

> 육신이 흐느적흐느적하도록 **피**로했을 때만 정신이 은화(銀貨)처럼 맑소. 니코틴이 내 횟 **배** 앓는 **뱃**속으로 스미면 머리 속에 으레 **백**지가 준비되는 **법**이오. 그 위에다 **나는** 위트와 **패**러독스를 **바**둑 포석처럼 늘어놓았소. 가증할 상식의 **병**이오.

음송체 리듬의 특성을 이해하라

〈9장 언어의 영감을 이해하라〉에서 살펴본 김형경의 「담배 피우는 여자」 234p 는 음송체다. 처음부터 끝까지 혼자 중얼거리는 음송체는 자칫 지루해지기 쉬운 글쓰기이기에 글의 리듬을 잘 살리는 것이 중요하다. 「담배 피우는 여자」의 첫 부분이 리듬을 통해 어떻게 글쓰기의 주체를 표현하고 있는지 살펴보자.

> 산의 움직임이 심상치 않습니다. 바람이, 북풍이 분명한 바람이 산의 이마를 쓰다듬고 지나갑니다. 바람의 손길 아래서 산은, 더 많은 바람을 불러 모으는 굿거리 동작으로 온몸을 뒤척이고 있습니다. 아무래도, 오늘 밤 안으로 저 산이 비를 불러올 것 같습니다. 푸른 머리채를 휘저으며, 온몸을 뒤척이며, 산이 기우제를 올리는 모양입니다. 저 빨래 건조대가 또 비를 맞겠군요.
>
> 보이세요? 저기, 옆집 베란다에 놓인 빨래 건조대 말입니다. 빨갛고 굵은 테두리에, 그 사이를 가로지르는 희고 가는 쇠막대로 이루어진 빨래 건조대. 단순한 형태의 무생물이지요. 그러나 어쩌다 시선이 닿을 때마다, 저 물체가 살아있는 생물처럼 보이곤 한답니다. 앙상한 뼈를 드러낸 채, 굶주림과 추위에 떠는 짐승처럼요.
>
> 「담배 피우는 여자」 중에서

첫 문단은 문장들의 끝부분에 동일한 음의 반복인 평운(않습니다 - 지나갑니다 - 있습니다 - 같습니다 - 모양입니다)으로 시작된다. 두 번째 문단은 교차운(보이세요 - 말입니다 - (건조대) - 무생물이지요 - 한답니다 - 짐승처럼요)이 된다.

형태적인 리듬이 각운에 배치된 반면, 두운에는 문학적인 운율이 나타나는 것을 볼 수 있다. 첫 문장은 'ㅅ'이 심상치않다. (산의 움직임이 심상치 않습니다.) 두 번째 문장에서는 'ㅂ'의 운율이 돋보인다. (바람이, 북풍이 분명한 바람이 산의 이마를 쓰다듬고 지나갑니다.)

　　세 번째 문장은 앞의 두 음소 'ㅅ'과 'ㅂ'이 서로 뒤섞이는 것을 볼 수 있다. (바람의 손길 아래서 산은, 더 많은 바람을 불러 모으는 굿거리 동작으로 온몸을 뒤척이고 있습니다.) 하지만 네 번째 문장은 'ㅇ'의 그래픽 운율이 시작되고, 앞선 'ㅅ'과 'ㅂ'과 연결된다. (아무래도, 오늘 밤 안으로 저 산이 비를 불러올 것 같습니다.)

- 두 번째 문단의 리듬을 분석해 보자.

나비의 리듬을 따라가기

영감의 글쓰기를 위해서는 보이지 않는 작가의 음악적 선택이 중요하다. 독자에게는 분명히 들리는 작가의 목소리이기 때문이다. 김경욱의 단편소설 「나비를 위한 알리바이」에서는 나비의 리듬을 따라갈 수 있다.

나비를 태워본 적 있는 사람들은 안다. 단 한 번만이라도 나비를 태워본 적이 있는 사람들은 안다. 나비라는 물건이 얼마나 순식간에 타오르는지. 타올라서 불꽃이 날개인지 날개가 불꽃인지 알 수 없는 순간이 얼마나 아름답고 소슬한 것인지. 나비가 타오를 때 나비는 제 전생의 기억을 휘발한다. 휘발해서 타오르는 것이 나비의 기억인지 기억 속의 나비인지 짐작조차 할 수 없을 때 세상의 모든 교훈은 전락한다. 천천히 시들어 가느니 단숨에 불타버리는 것이 낫다는 유언을 남기고 제 머리에 총알을 박아 넣은 벽안의 어느 가수는 어쩌면 나비를 태워본 적이 있을지도 모른다. 혹은 스스로를 나비로 여겼거나. 하지만 스스로를 나비라고 여기는 사람들도, 나비를 태워본 적이 있는 사람들도 모르는 것이 있다. 비가 올 때 나비는 어디에서 젖은 날개를 쉬게 하는가. 다투어 쏟아져 내리는 비로 도시의 뒷골목들이 질금질금 눈물 지릴 때 그 많던 세상의 나비들은 모두 어디로 자취를 감추는가. 그리하여 나비가 버린 세상은 무엇으로 그 무참한 공백을 가까스로 감당하는가. 《내셔널 지오그래픽》을 봐도 〈무엇이든 물어보세요〉를 봐도 〈특집 곤충의 사계〉를 봐도 알 수 없다. 텔레비전이 안 가르쳐주는 것도 있다니. 텔레비전도 가르쳐주지 않은 것을 나는 몇 년 만인지 헤아릴 수조차 없을 정도로 간만에 들른 서점에서 알게 되었다. 비 오는 날 나비를 본 것은 그때가 처음이었다. 마감 뉴스에서 전해 들은 아는 사람의 부고처럼 뜬금없이 날아든

한 마리의 나비를 나는 기억한다.

「나비를 위한 알리바이」 중에서

김경욱은 첫 문장부터 작품 전체로 이어지는 나비의 독특한 리듬을 보여 준다. 우선, 첫 번째 문장이 두 번째 문장의 일부분이 되어 긴 각운이자 반복 리듬을 이룬다. "**나비를 태워본 적 있는 사람들은 안다.** 단 한 번만이라도 **나비를 태워본 적이 있는 사람들은 안다.**"

세 번째 문장은 나비의 속성을 나비의 날개처럼 양쪽으로 펼쳐진 리듬으로 보여 준다. '**타오르는지 타올라서**' 데칼코마니처럼 가운데 접을 수 있는 리듬이 들어 있다. '**불꽃이 날개인지 날개가 불꽃인지**'도 데칼코마니 리듬이다. 그리고 '**알** 수 **없**는 **순**간이 **얼**마나 **아**름답고 **소**슬한 것인지'는 서로 다른 단어들을 통해서도 반복 리듬(ㅇ-ㅇ-ㅅ/ㅇ-ㅇ-ㅅ)을 보여 준다.

다음은 문장과 문장 사이의 운율로, 앞 문장의 마지막 단어 '휘발한다'와 뒤 문장의 첫 단어 '휘발해서'로 이어진다. '나비의 기억인지'와 '기억 속의 나비인지'도 데칼코마니 리듬을 보여 준다.

- 김경욱의 「나비를 위한 알리바이」의 리듬을 계속 분석해 보자.

전쟁의 리듬을 맞닥뜨려 보라

김훈의 장편소설 『칼의 노래』는 이순신 장군의 백의종군에서부터 노량 해전까지의 전쟁 이야기다. 소설 전체를 관통하는 이야기는 당연히 전쟁과 죽음이다. 작가 김훈은 전쟁의 'ㅈ'을 죽음의 'ㅈ'과 연결하여 피할 수 없는 전쟁의 리듬을 독자에게 맞닥뜨리게 한다.

> 정유년 겨울에, 전쟁은 전개되지 않았다. 전쟁은 지지부진했다. 전쟁은 천천히 죽어가는 말기 암과 같았다. 적이 죽어가는 것인지 내가 죽어가는 것인지 알 수 없었다. 나는 죽음을 생각하지 않았다. 나는 희망을 생각하지 않았다. 나는 언어로 개념화되는 어떠한 미래도 생각하지 않았다. 희망은 멀어서 보이지 않았고, 희망 없는 세상에서 죽음 또한 멀어서 보이지 않았다. 보이지 않았지만, 살아 있는 나에게 내가 살아 있다는 사실만은 의심할 수 없이 분명했다. 헤아릴 수 없이 많은 날들이 힘겹게 겨우겨우 흘러갔다. 저녁이면 먼 섬들 사이로 저무는 햇살에 갯고랑 물비늘이 반짝였고, 그 위에 긴 그림자를 드리우며 소멸하는 날들은 기진맥진했다.
>
> 『칼의 노래』 중에서

위 문단의 각운은 모두 '다'로 운을 맞추어 놓았지만, '않았다'와 '없었다' 등 부정 종결어미가 압도적이고, '지지부진했다' '기진맥진했다' 등 앞날을 예측할 수 없는 단어들이 운을 맞추고 있다. '분명했다'가 단 한 번 나와서 아직은 포기할 수 없음을, 반전을 꿈꾸는 작가의 의도가 드러난다.

문단의 첫 단어로 작가가 왜 '정유년'이라는 단어를 선택했는지 전쟁의 리듬과 함께 이해하면 그 이유를 짐작할 수 있다. '정유년'은 '전쟁', '죽음'과 상응하는 단어로 'ㅈ'으로 두운을 맞추었다.

> **정**유년 겨울에, 전쟁은 전개되지 않았다.
>
> **전**쟁은 지지부진했다.
>
> **전**쟁은 천천히 죽어가는 말기 암과 같았다.
>
> **적**이 죽어가는 것인지 내가 죽어가는 것인지 알 수 없었다.

　정유년 겨울에, **전쟁**은 **전**개되지 않았다. '**정**유년'은 '**전쟁**'과 운율을 맞추고, '**전**개되지 않았다'와도 맞춘다. 여기서 전쟁이 '계속되지 않았다'라거나 전쟁이 '소강상태였다'라는 단어를 선택하지 않고, '전개되지 않았다'라고 함으로써 운율의 효과를 더욱 높여 주었다.

　다음 문장에서는 작가의 의도가 더 명백하게 드러난다. 두 어절에 다섯 개의 'ㅈ'이 전쟁의 리듬을 잘 이어간다.

> **전쟁**은 **지지**부**진**했다.

　한편, 다음 세 문장은 '생각하지 않았다'라는 각운을 맞추고, '나'로 두운을 맞추고 있다.

> **나는** 죽음을 생각하지 않았나.
>
> **나는** 희망을 생각하지 않았다.
>
> **나는** 언어로 개념화되는 어떠한 미래도 생각하지 않았다.

　– 김훈 『칼의 노래』의 리듬과 운율을 계속해서 파악해 보자. `사유`

권태의 리듬도 느껴보자

　　김영하의 「바람이 분다」는 두 젊은 주인공들의 삶을 통해 90년대 후반 우리 사회의 풍속도를 보여 주는 소설이다. 주인공들은 이상 추구나 삶의 의미 따위와는 아예 거리가 먼 인물들이다. 그들은 컴퓨터 게임에만 몰두하는데, 게임도 그저 무료하고 의미 없는 삶을 견디기 위한 방편일 뿐이다. 그들의 유일한 사회적 행위란 불법 CD 복제 작업을 할 때 뿐이지만, 그 역시 호구지책과 권태를 때우기 위한 것이다. 그들의 권태를 표현하는 리듬과 운율을 다음에서 볼 수 있다.

　　바람이 분다. 바람이 분다. 바람이 분다. 바람은 분다. 바람이 분다. 다섯 번을 되뇌고 하늘을 본다. 컴퓨터를 켠다. 컴퓨터를 끈다. 컴퓨터를 켠다. 컴퓨터를 끈다. 시간이 흐른다.

　　시간은 흐른다. 시간이 흐른다. 시간은 흐른다. 한 여자를 잊지 못하고 있다. 게임을 한다. 게임이 한다. 게임을 한다. 게임과 한다. 게임을 한다. 시간이 가지 않는다. 시간이 가지 않는다. 시간은 가지 않는다. 불을 끈다. 이제 그녀의 얼굴이 보인다.

　　그녀가 온다. 머리를 짧게 자른 그녀가 온다. 치렁한 흑갈색 원피스에 머리를 짧게 자른 그녀가 온다. 한때 나를 미치게 했던 치렁한 흑갈색 원피스에 머리를 짧게 자른 그녀가 온다. 한때 나를 미치게 했던 치렁한 흑갈색 원피스에 머리를 짧게 잘라 더 고혹스러워진 그녀가 온다.

「바람이 분다」 중에서

인용문은 마치 프롤로그처럼 작품 처음에 나온다. 동일한 혹은 비슷한 문장이 반복된 것이 우선 눈에 띈다. 그 이유가 천천히 드러나는데, 킬리만자로의 정상에서 얼어죽은 표범은 헤밍웨이의 해석과 달리 권태로움과 관련이 있다는 소설의 주제를 압축한 리듬이라 하겠다.

우선 '바람이 분다.'와 '바람이 분다'와 '바람이 분다'의 반복은 뒤의 '컴퓨터를 켠다'와 '컴퓨터를 끈다'의 반복과 함께 지루한 시간의 흐름을 표현하는 리듬이다. 또한, 바람은 외부적인 변화이고 컴퓨터는 삶의 내부적인 변화이지만, 변화가 없는 삶의 리듬이다.

'시간이 흐른다'와 '시간이 흐른다'도 권태로운 삶의 다른 리듬이다. 그래서 '게임을 한다.' 그런데 시간의 지루함을 견디기 위해 마지못해서 하는 게임이라 '게임이 한다.' 끊임없이 '게임을 한다.' 그리고 '게임과 한다.' 그렇지만 '시간이 가지 않는다' 그리고 '시간이 가지 않는다.'라고 표현한다.

그런데 불을 끄고 나니, 문장 속에 아주 놀라운 리듬이 나타난다. 앞 문장 전체가 다음 문장에 포함됨으로써 '긴 각운'의 형태를 지니고, '그녀'의 모습이 이미지처럼 선명하게 나타난다.

- 「바람이 분다」의 인용문에 나타난 리듬을 계속해서 분석해 보자.

망설임의 리듬을 찾아보자

마을로 들어오는 길은, 막 봄이 와서,

여기저기 참 아름답습니다. 산은 푸르고…… 푸름 사이로 분홍 진달래가…… 그 사이……또…… 때때로 노랑 물감을 뭉개 놓은 듯, 개나리가 막 섞여서는…… 환하디환했습니다. 그런 경치를 자주 보게 돼서 기분이 좋아졌다가도 곧 처연해지곤 했어요. 아름다운 걸 보면 늘 슬프다고 하시더니 당신의 그 기운이 제게 뻗쳤던가 봅니다. 연푸른 봄 산에 마른버짐처럼 퍼진 산벚꽃을 보고 곧 화장이 얼룩덜룩해졌으니.

저, 저만큼, 집이 보이는데,

저는, 집으로 바로 들어가질 못하고, 송두리째 텅 빈 것 같은 마을을 한 바퀴 돌고도…… 또 들어가질 못하고…… 서성대다가 시끄러운 새소리를 들었어요. 미루나무를 올려다보니 부부일까? 두 마리의 까치가, 참으로 부지런히 둥지를…… 둥지를 틀고 있었어요. 오래 바라보았습니다. 둘이 서로 번갈아 가며 부지런히 나뭇잎이며 가지들을 물어 나르는 것을.

이 고장을 찾아올 때는 당신께 이런 편지를 쓰려고 온 것이 분명 아니었습니다. 이런 글을 쓰려고 오다니요? 저는 당신과 함께 떠나려 했잖습니까.

「풍금이 있던 자리」 중에서

신경숙의 「풍금이 있던 자리」에서 주인공 '나'는 사랑에 빠진 40대 유부남과 프랑스로 도주하려고 한다. 떠나기 전 마지막으로 고향을 방문한 '나'는 유년 시절 그녀 앞에 나타난 아름다운 여자가 어머니를 밀어내고 아버지의 옆자리를 차지했던 기억을 떠올린다. '나'는 그때 그 여자와 다를 바 없는 사람이 되고 말았음을 깨닫고는 망설인다. 그런 망설임이 서간체의 산문적인 리듬으로도 잘 표현되어 있다.

소설의 처음 시작 부분은 사랑에 빠진 이의 감정적 상응이 리듬으로 표현되어 있다. "**마**을로 들어오는 길은, **막** 봄이 와서,"는 'ㅁ'의 상응으로 독자의 시선과 감정을 사로잡는다. 그리고 '여기저**기**' '**습니다. 산**은' '**푸르고**……**푸름' '사이**로 분홍 진달래가…… 그 **사이' '또**…… **때때로**', '**환하디환했습니다**'처럼 푸르고 환한 느낌으로 이어진다. 하지만 상응의 리듬은 곧 망설임의 리듬으로 바뀐다.

> **저, 저**만큼, **집**이 보이는데,
> **저**는, **집**으로 바로 들어가질 못하고, 송두리째 텅 빈 것 같은 마을을 한 바퀴 돌고도……
> 또 들어가질 못하고…… 서성대다가 시끄러운 새소리를 들었어요.

첫 번째의 '저'는 감투사이자 망설임의 '저'이고, 두 번째의 '저'는 거리감을 표시하는 '저만큼'의 '저'이고, 이어 '집'을 거쳐, 세 번째의 '저'는 자신을 낮추어 부르는 인칭대명사이고, 다시 '집'을 반복한다. 주인공은 망설임과 거리감을 가지고 집 주변을 맴도는데, 이는 자신의 불륜에 대한 불안정감을 나타내는 리듬이라 할 수 있다. 그래서 마침내 '저'는 '당신'과의 출발에 문제가 있음을 고백한다. "저는 당신과 떠나려 했잖습니까."

강자와 약자의 리듬을 파악하라

염소는 힘이 세다. 그러나 염소는 오늘 아침에 죽었다. 이제 우리 집에 힘센 것은 하나도 없다.

머리칼이 하얗고 입 속에는 어금니 세 개밖에 남아 있지 않은 귀머거리 할머니는 목소리를 제외하면 힘이 세지 않았다. 목소리는 아무리 커도 힘이 될 수 없으니까 할머니는 완전히 힘이 세지 않았다. 달포 전까지는 종로(鐘路) 거리를 오락가락하며 꽃 장사를 하다가 마지막 가을비가 내리던 날부터 쭈욱 끙끙 앓으며 이불을 둘러쓰고 누워 있는 어머니도 힘이 세지 않았고 그리고 누나 – 이젠 어머니 대신 새벽 네 시에 일어나서, 교외(郊外)에서 수레에 꽃을 실어가지고 온 꽃 도매상에게서 꽃을 받으러 청계로(淸溪路)로 갔다가 바구니에 두서너 종류의 꽃을 받아가지고 집으로 들어와서 아침을 지어 먹고 다시 꽃바구니를 머리에 이고 종로의 어머니가 나가 앉아 있던 빌딩의 벽 밑, 빌딩과 빌딩 사이의 골목 속으로 가는 누나도, "열일곱 살이면 힘도 좀 쓰게 됐는데……." 하시는 할머니의 말씀만 없다면 힘이 세지 않았다.

그렇지만 나로서는 열일곱 살이 힘인지 아닌지를 분명히 모르니까 누나도 완전히 힘이 세지 않았고 그리고 여름철의 폭풍이 부는 밤이면 우리 집으로부터 떨어져 나가 버리고 싶다는 듯이 쿵쾅 소리를 내며 날뛰는 우리 집의 양철지붕도 힘이 세지 않았고 집 앞 한길에 교외의 도로포장 공사장으로 가는 불도저가 지나갈 때면 덜덜덜 떨고 있는 우리 집의 썩어가는 판자 담과 판자로 된 쪽대문도 힘이 세지 않았고 염소가 그럴 생각만 있었으면 간단히 고삐를 떼고 거리로 도망칠 수 있었던 말뚝도 힘이 세지 않았고 미닫이를 사이에 둔 우리 집의 방 두 개도, 아무리 밝은 날에도 저녁때처럼 어두컴컴하기만 해서 힘이 세지 않았고 좁은 마당도 그것이 좁아서 힘이 세지 않았고 아니 우리 집 전체가, 그것이 날이 갈수록 키가 자라나는 벽들 건물들 틈에 끼어 있기 때문에 힘이 세지 않았다. 그리고 나, 바로 나도 열두 살짜리의 힘없고 키 작은, "아유, 우리 예쁜 고추야!"일 뿐이다.

염소는 힘이 세다. 그러나 염소는 오늘 아침에 죽었다. 이제 우리 집에 힘센 것은 하나도 없다. 힘센 것은 모두 우리 집의 밖에 있다.

「염소는 힘이 세다」 중에서

김승옥의 단편소설 「염소는 힘이 세다」는 가난하고 힘없는 서민의 집에서 염소가 가장 힘이 센 이야기다. 집안에서 유일하게 힘센 염소가 집 밖의 더 힘센 사람에게 맞아 죽는 일이 생기면서, 열두 살 화자 '나'는 힘의 역학 관계가 뚜렷한 사회구조 속으로 편입되어 들어간다. 이러한 과정이 약자와 강자의 리듬을 통해 잘 대비되어 있다.

첫 번째 문단과 세 번째 문단은 '염소는 힘이 세다. 그러나 염소는 오늘 아침에 죽었다. 이제 우리 집에 힘센 것은 하나도 없다'의 반복으로 리듬을 맞추고 있다. 그런데 힘센 염소가 오늘 아침에 죽어 버림으로써 '우리 집'에 힘센 것이 없어져 버렸다. 힘센 것은 모두 '우리 집의 밖에' 있다.

집안에는 힘이 세지 않은 것들만 남게 되었는데, 아이 눈에도 집안의 존재들이 얼마나 연약해 보였는지 '힘이 세지 않았다'가 두 번째 문단에서 열두 번이나 반복된다. '밖/안', '힘센 것/약한 것'들의 대비를 리듬을 통해서 잘 표현한 문학적인 리듬을 배울 수 있는 좋은 작품이다.

- 정말 염소가 힘이 센지, 힘이 세다면 어떤 면에서 센지 생각해 보자. 사유

힙합 리듬도 즐겨라

이기호의 단편소설 「버니」는 리듬을 그 본질로 하는 랩을 사용하여 쓴 글이다. 그러므로 랩이 가지고 있는 박자나 라임의 리듬이 있겠지만, 문학적인 운율로 접근해 봐도 흥미로운 사실을 발견할 수 있다.

왔어 왔어, 그녀가 왔어, 나를 찾아왔어, 사무실로 왔어, 우릴 보러 사무실에 왔어, 그녀의 매니저도 왔어, 좆나리 멋진, 크라이슬러 미니 밴을 타고 왔어, 매니저의 양아치들도 함께 왔어, 왔어 왔어, 그녀가 왔어, 그녀가 우리, 보도방에 왔어, 육 개월 만에 왔어, 자신을 지우러, 지우러 왔어, 신참 계집애들은 신났지, 가수가 왔다고, 신이 나서 환장해, 신이 나서 소리쳐, 하지만 그녀는 차에서 안 내려, 좆나리 새까만 미니 밴 유리 속에, 굳은 듯 앉아 있지, 사무실로 온 건 그녀의 매니저, 매니저의 똘마니들, 매니저가 말했어, 나를 보고 말했어, 우리에게 말했어, 지껄였어 협박했어 씨부렸어,

"니네들, 함부로 주둥아리 놀리면 알지. 버니는 여기서 일한 적 없는 거야. 알지? 너네들은 버니를 모르는 거라고, 허튼소리 지껄이고 다니면 어떻게 되는 줄 알지? 알아서 잘해. 이 양아치 새끼들아!"

「버니」 중에서

첫 문단은 여러 개의 문장을 마침표로 끊지 않고, 모두 쉼표로 이어서 힙합 리듬을 살린 것이 특징이다. 이 문학적인 쉼표들은 동일한 단어들을 반복해도 지루한 느낌이 들지 않으며, 마침표로 완결하지 않았으니 중단하지 말고 계속해서 술술 읽으라는 작가의 의도가 들어간 것처럼 보인다. 실제로도 강한 리듬감과 함께 몰입해서 읽게 하는 효과가 있다.

첫 문단의 첫 단어의 반복은 매우 의도적인 작가의 선택이었음을 알 수 있다. '왔어 왔어'는 두운으로 시작하는 것처럼 보이지만, 쉼표 내에서 각운의 역할을 동시에 하는 매우 특이한 리듬 구성을 보여 준다. 가령, 첫 부분의 '**왔어 왔어, 그녀가 왔어**'는 아래쪽에 다시 반복되는 '**왔어 왔어, 그녀가 왔어**'와는 두운처럼 작동하지만, '**왔어 왔어**'의 두 번째 '**왔어**'는 각 쉼표 내의 '왔어'와 각운을 맞추는 모양새이기 때문이다. 하지만 문단 전체를 이어서 읽어 보면, 그들은 마치 물속에 놓인 징검다리처럼 계속 글을 읽어나가게 하는, 의도적으로 놓은 탄탄한 리듬의 디딤돌임을 알 수 있다.

문단의 끝에는 또 다른 각운(라임)이 사용되었는데, '매니저가 말했**어**, 나를 보고 말했**어**, 우리에게 말했**어**, 지껄였**어** 협박했**어** 씨부렸**어**,'에서처럼 '말한다'는 것이 어떤 식으로 다른 뉘앙스를 풍기는지 보여 주며 유사 단어로 리듬을 맞추었다.

- 「버니」의 인용문에서 리듬을 좀 더 분석해서 적어 보자.

권력의 구조가 갖는 리듬을 보여 주자

벨기에 출신으로 프랑스에서 활동하는 아멜리 노통브의 장편소설인 『두려움과 떨림』은 일본 문화를 동경하던 작가가 일본의 한 대기업에 입사하여 겪었던 경험을 작품으로 출간한 것이다. 관료적이고 수직적인 일본 대기업의 문화가 자신에게 얼마나 억압적으로 느껴졌는지를 서양인의 관점에서 썼다. 이 소설에는 조직 문화뿐만 아니라 남성적인 억압도 함께 표현되어 있다. 개인의 것이라기보다 일본 사회의 수직적인 조직 안에서 느낄 수밖에 없는 감정인 두려움과 떨림을 수직적인 리듬을 통해 표현했다.

미스터 하네다는 미스터 오모치의 상사였고, 미스터 오모치는 미스터 사이토의, 미스터 사이토는 미스 모리의, 미스 모리는 나의 상사였다. 그런데 나는, 나는 누구의 상사도 아니었다.

이걸 다르게 얘기해 볼 수도 있을 것이다. 나는 미스모리의 지시를 받았고, 미스 모리는 미스터 사이토의, 미스터 사이토는 또…… 하는 식으로 말이다. 그리고 정확성을 위해 덧붙이자면, 밑으로는 위계 서열을 뛰어넘어 지시가 내려질 수도 있었다.

그러니까, 유미모토 사에서, 나는 모든 사람들의 지시 아래 있었다.

『두려움과 떨림』 중에서

소설은 서사력 때문에 가로 글쓰기로 이해되는 경향이 있다. 그런데 아멜리 노통브는 자신이 말단사원이라는 사실을 세로 글쓰기로 표현하고 있고, 이에 따라 권력의 운율과 리듬이 두드러지게 드러난다.

미스터 하네다는 미스터 오모치의 상사였고,

미스터 오모치는 미스터 사이토의,

미스터 사이토는 미스 모리의,

미스 모리는 나의 상사였다.

그런데 나는, 나는 누구의 상사도 아니었다.

나는 미스 모리의 지시를 받았고,

미스 모리는 미스터 사이토의,

미스터 사이토는 또…… 하는 식으로 말이다.

그러니까, 유미모토 사에서, 나는 모든 사람들의 지시 아래 있었다.

첫 문단이 피라미드 리듬이라면, 두 번째 문단은 피라미드를 거꾸로 뒤집어 보여 주는 방식이다. 쉼표를 사이에 두고 앞줄의 끝 단어가 다음 줄의 시작 단어가 되는 수직 구조를 띠고 있다. 가로 글쓰기에서는 두 문단이 나는 모든 사람들의 지시 아래 있었음을 보여 주는 내용이기에 다르게 느껴지지 않지만, 리듬으로 나타낸 세로 글쓰기에서는 두 문단이 전혀 다른 의도를 지녔음을 한눈에 보여 준다.

첫 문단의 '미스터들'이 '나'의 머리 위에 앉아 있기에 더 억압되는 모양새라면, 두 번째 문단은 '나'가 아무리 사람들의 지시 아래에 있다 해도 문장의 첫 단어가 '나'로 시작된 덕분에 억압이 한층 줄어 보인다. 이에 힘입어 거기에 저항할 의도가 엿보인다고 말할 수 있다.

작가의 책 가이드

· 김경욱, 「나비를 위한 알리바이」 『2005 이상문학상 작품집』, 문학사상, 2005

· 김승옥, 「염소는 힘이 세다」 『무진기행』, 문학동네, 2004

· 김영하, 「바람이 분다」 『엘리베이터에 낀 그 남자는 어떻게 되었나』, 문학과지성사, 2018

· 김훈, 『칼의 노래』, 생각의나무, 2003

· 이기호, 「버니」 『최순덕성령충만기』, 문학과지성사, 2004

· 이상, 『날개』, 일신서적출판사, 1997

· 신경숙, 「풍금이 있던 자리」 『풍금이 있던 자리』, 문학과지성사, 1993

· 아멜리 노통브, 전미연 역, 『두려움과 떨림』, 열린책들, 2017

· Henri Meschonnic, 『Pour la poétique I』, Gallimard, 1970

10장의 내용과 관련하여, 각자 영감을 받은 책들을 적어 보자.

나쁜 책을 읽지 않는 것은 좋은 책을 읽기 위한 조건이다.

– 쇼펜하우어

영감 가이드

2장 40p

과자가 자신을 소개할 때 무엇이라고 했을까?

가이드 : 전과자

난센스 퀴즈는 정해진 의미 생성 과정을 깨뜨리면서 우리에게 새로운 사고를 유도하는 유용한 놀이이다. 즐거운 마음으로 풀어 보자.

3장 64p

옷을 짓는 사람은 옷감의 성질과 색깔의 배합 등을 잘 알아야 하고, 음식을 만드는 사람은 신선한 재료와 양념 배합에 대한 기본 지식이 필수이다. 그렇다면 영감의 글쓰기를 위해서는 어떤 준비가 필요할까?

가이드 : 언어

4장 78p

때로, 자신이 글쓰기 창작을 잘할 자질이 있는지 궁금하다는 질문을 받곤 한다. 여러분이 그런 질문을 받았다면 어떻게 대답해 줄 것인가?

가이드 : 정해진 답은 없다. 단지 이 책에서는 '스스로 질문하는 능력이 있는지 확인하라' 하고 조언한다.

5장 90p

'정의'를 어떻게 정의할 것인가?

'정의'라는 단어를 들었을 때 어떤 단어의 뜻이 떠올랐는지 모르지만, 사전적으로는 20개 정도의 뜻이 있다. 본문에서 정의(定意)와 정의(正義)라는 두 단어의 관계를 통해, '소설'을 정의하는 일이 왜 단순한 과정이 아닌지를 설명한다.

- 역사적으로 어떤 사건들이 있었을지 위의 빈칸을 다양하게 채워 보자.

가이드

아래 내용 외에 각자 지적 호기심을 더 발동하길 바란다.

- 헬레니즘에서 헤브라이즘으로 넘어가는 과정에는 (고대 로마제국의 그리스 점령이 있었으니 헬레니즘을 이끌던 그리스가 전복되었음을 의미하고, 나중에 로마제국의 기독교 보급으로 성서 해석이 유행함으로써 이성적인 사고나 이론보다 주관적인 해석의 성향이 두드러지는 현상)이 있었다.

- 고전주의에서 낭만주의로 넘어가는 과정에는 (왕정이 무너지고 시민 계급이 형성되는 과정에 왕이 단두대로 가는 정치적인 전복이 있었고, 이로써 태어나면서부터 얻는 귀족 등의 신분이 아니라 후천적으로 신분을 얻게 되는 부르주아 계급의 탄생 등이) 있었다.

- 사실주의에서 초현실주의로 넘어가는 과정에는 (제1차 세계대전으로 굳건하다고 믿었던 이 세상과 사람과 사물들이 파괴되고 사라져 버린 상태에서, 초현실적인 이미지들이 새로운 세계를 형성하는 과정이) 있었다.

- 구조주의에서 탈구조주의로 넘어가는 과정에는 (이분법에 근거한 서양의 모든 형이상학적 개념들을 거부하는 사건으로, 대표적으로는 프랑스 학생혁명 등이) 있었다.

책상을 하나 만들려면 상판, 다리, 나사가 필요하다. 셋 중에 하나를 뺀다면 무엇을 뺄 것인가?

가이드 : 뺄 수 없다.

셋 중에 하나라도 빠지면 책상이 될 수 없으므로 뺄 수 없다. 이 난센스 퀴즈는 소설 창작에 필요한 요소들이 서로를 지탱하는 힘이니 어떤 것도 소홀히 할 수 없다는 의미로 낸 것이다.

– 위의 글 속에서 몇 개의 시공간이 동시에 움직이는가? 하나의 시공간이 여럿으로 변하는 마법은 무엇 때문일까?

가이드

소설의 시공간은 남자의 '옆집'이다. 그 '옆집'은 내 집과 똑같은 구조여서, 자기 집의 시공간을 이야기하는 것이기도 하다. 옆집을 살펴보기도 전에, 복도가 길게 이어져 있는 것이나 욕실이 매우 좁은 것이나 세탁기를 놓을 공간이 없다는 것도 환히 알고 있다. 그래서 처음에 집을 보러 왔던 때의 느낌을 떠올리게 된다. 같으면서도 다른 시공간이 소설 속에 세 개 중첩되게 한 전략이다.

그렇다면 사건은 (　　　)의 발단이며

　　　　　　　　　　(　　　)의 전개이며

　　　　　　　　　　(　　　)의 절정이며

　　　　　　　　　　(　　　)의 결말일까?

가이드

발단에서 (갈등)의 씨앗을 심으면 점점 자라나기 때문에 (갈등)의 전개이며 (갈등)의 절정이며 (갈등)의 결말이다.

알이 먼저일까? 닭이 먼저일까?

(힌트 : 제목을 먼저 정해야 할까? 주제를 먼저 정해야 할까?)

가이드 : 알이 먼저다.

알과 닭의 선두 퀴즈는 괄호 안 질문의 비유이다. 제목을 먼저 정해야 하는지, 주제를 먼저 정해야 하는지에 대한 질문이다. 둘 다 일어난다. 단지, 제목이 정해지면 글의 방향이 정해진다. 아니 쓰고자 하는 주제가 정확하면 제목이 저절로 정해진다. 그러므로 제목을 등대로 놓고 글을 써나가면 더 정확하게 목적지에 도착할 수 있다는 점에서 알을 먼저로 놓았다. 작가가 정확한 주제를 포착하고 있으면, 그것이 소설의 제목으로 드러나기 때문에 결국 제목과 주제는 수미상관을 이루게 된다.

7장 [146p]

스토리와 플롯의 차이는 무엇일까?

1) 스토리는 (시간) 순으로 배열한 것이다.

2) 플롯은 새로운 (주제)를 표현하기 위해 (사건)을 재구성한 것이다.

7장 [150p]

위의 글에서 1인칭 주인공 시점의 특징을 더 많은 번호를 매겨 가며 적어 보자.

1) 아버지가 왜 없는지 등 타인에 대해서 제한적으로 알 수 있다.

2) 자신이 보고 기억하는 것이 한정적이다.

3) 소설 속 '나'는 작가와는 구별되는 인물이다.

8장 [182p]

아몬드가 죽으면 무엇이 될까?

가이드: 다이아몬드

'몸과 정신'이 생명이나 죽음과 연결되어 있음을 환기하기 위한 난센스 퀴즈인데, 더 적합한 난센스 퀴즈가 있으면 제시해 보자.

9장 [214p]

우유가 넘어지면서 하는 말은 무엇일까?

가이드: 아야

'우유'라는 글자를 옆으로 넘어뜨리면 이런 모양이 된다.

– 세로 글쓰기와 쉼표의 문학적 효과를 적어 보자.

① 비인칭 구문과 인칭 구문이 합쳐지면서, 이런 추위에 강을 건너려는 존재에 대한 궁금증이
   강해진다.

② ③ (건너편~빠져나와)가 삽입구처럼 효과를 발휘한다.

④ 기의(가만히 펜을 놓고)가 기표(쉼표)에 의해 강화되었다.

⑤ 앞의 주어와 뒤의 주어가 다르다.

⑥ ⑦ 뒤에 오는 '건너오는'과 이어지는 세로 글쓰기의 형태를 보여 준다.

⑧ 떠올리는 것이 아니라 떠오르는 것의 자동 형태가 유지된다.

⑨ '오두막의'라는 소유격 대신에 '오두막'으로 대신하면서 전체와 부분의 의미를 강조했다.

⑩ 평서문과 의문문이 합쳐진 형태이다. (~방 안에 있다 + 어떻게~)

⑪ ⑫ ⑬ ⑭ 세로 글쓰기 형태를 보여 준다.

⑮ 아주 긴 수식어를 가진 명사 다음이기도 하고, 주어를 생략하기 위해 사용되었다.

– 위의 글에서 줄임표의 문학적 효과를 빈칸에 적어 보자. 줄임표를 통해 읽어낼 수 있는
뉘앙스는 다양하기 때문에 정해진 답이 있는 것은 아니다.

② 상대에게 남자를 보았던 장소를 말하며 확인하는 뉘앙스다.

③ 짓궂게 놀리기 전에 여유를 부리는 타이밍이다.

– 직유와 은유를 구분하여 적어 보자.

  ② 직유법

  ③ 직유법을 ④의 은유법으로 발전시켰다.

  ⑤ 직유법을 ⑥의 은유법으로 발전시켰다.

- 따옴표가 어떤 문학적인 효과를 내는지 적어 보자.

⑤ 실연당한 남자임을 알고 짓궂게 놀리지만 비유적으로 말하고 있다.

⑥ 스와니는 나라를 잃은 민족과 애인을 잃은 개인을 비교하면서 그를 위로하려 한다.

⑦ 당시 모던보이들의 사고를 명확하게 드러내는 대사이다.

....

- 앞의 분석을 참고하여 「뚱보」 인용문의 나머지 부분을 분석해 보자.

ⓐ '나'가 루디에게 한 말(다시 이 말을 리타에게 전하고 있음.)

ⓑ '나'가 리타에게 한 말

ⓒ '나'가 리타에게 한 말

ⓓ 조앤이 루디에게 한 말 (다시 리타에게 전하고 있음.)

ⓔ 루디가 조앤에게 한 말

ⓕ '나'가 조애에게 전한 말

ⓖ 루디가 혼자 중얼거린 말 (다시 리타에게 전하고 있음.)

ⓗ '나'가 리타에게 한 말

ⓘ 루디가 '나'에게 한 말 (다시 리타에게 전하고 있음.)

ⓙ 리타가 '나'에게 반응한 말

....

- 박성원의 「중심성맥락망막염」을 읽고 난 다음, (   )를 채워 보자. 복수로 선택해도 좋다.

1. 상남의 시공간이 병원이 아니라 (술집)이다.

2. 상담자와 피상담자만 있지 않고, (친구)가 같이 배석하고 있다.

3. 상담의 형식이 (일방적으로 떠드는 방식)이다

4. 상담자가 갖추고 있는 것은 (공개 녹음기, 노트, 볼펜)이다.

5. 상담 내용은 (중심성맥락망막염)이다.

소설에도 리듬이 있을까?

가이드: 소설에도 리듬이 있다.

시나 소설뿐만 아니라 신문 글에도 리듬이 있다. 모든 글에는 글 쓰는 작가의 리듬이 들어 있다. 가령, 한 작가가 소설도 쓰고 시도 쓰면, 그 안에는 공통된 작가만의 리듬이 들어 있다. 이는 한 작가의 글쓰기 특징과 관련이 있어서 '글쓰기 주체'라고도 한다.

창작의 기쁨을 누려라

글을 쓸 때 느끼는 기쁨은 두 가지가 있다.

하나는
아마추어로서 제 맘대로 쓰면서 느끼는 기쁨이고,

다른 하나는
프로로서 고통스럽게 단련하면서 느끼는 기쁨이다.

후자를 즐길 생각이 없다면
전자로 남는 편이 낫다.

영감의 글쓰기를 위해 가장 중요한 것은 무엇일까

청송의 객주문학관 창작관에 입주 작가로서 여름을 보낸 적이 있다. 들판에는 풋사과들이 여름 태양 빛을 받으며 굵어가고, 큰 연못이 주변을 감싸고 있어 더없이 조용한 곳으로 저절로 글이 써질 듯싶었다. 작가들이 머무는 2층 방에 들어서자마자 폭소를 터뜨리고 말았다. 김주영 작가의 명문장들이 붙어 있을 것이라 예상했던 벽에는 유대교 랍비 주시아가 쓴 '도둑에게 배울 점'이 붙어 있었기 때문이다.

도둑에게 배워야 할 첫 번째가 "밤늦도록까지 일한다"이고, 마지막 일곱 번째가 "자기가 지금 무슨 일을 하고 있는가를 잘 안다"였다.

창의적인 글쓰기를 위해서는 적어도 이 두 가지를 알고 있어야 한다. 영감을 단련한다고 글이 저절로 써지는 것은 아니기 때문이다. 그 후에 할 일은 열심히 쓰는 것이다. 그렇다면 영감 훈련을 한 것과 하지 않은 것의 차이는 무엇일까. 그것은 도둑이 말한 마지막 교훈처럼, 지금 무슨 글을 쓰고 있는지 자신이 알게 된다는 것이다.

영감 훈련은 사유의 훈련이기에 자기 내부에서 길어 올린 글을 쓰게 만들어 준다. 작가 자신이 글을 분출할 수 있는 수원(水源)인 셈이다. 하지만 영감 훈련이 되어 있지 않으면, 자신이 무엇을 쓰고 싶은지조차 몰라서 재미있는 표현이나 흥미로운 사건을 찾아 헤매니 글의 원천을 외부에 두게 된다. 자신이 창의적이지 않음을 알고 있기에 빠르게 지쳐가고, 글을 쓰면 쓸수록 기쁨을 잃어가게 된다.

하지만 영감의 글쓰기를 하는 사람은 밤늦게까지 일해도 잘 지치지 않는다. 내가 무엇을 하는지 알고 있기에 방향이 틀렸다 싶으면 과감히 바꿀수도 있다. 목적지를 정확하게 알기에 자전거도 타고, 기차도 타고, 때때로 천천히 걸으며 글쓰기의 여정을 즐길 수 있다. 하지만 후자는 스스로 무슨일을 하는지 잘 모르니, 방향이 틀렸다 싶으면 자신감을 잃거나 무력해질수밖에 없다. 성공의 희망이나 소용없는 열정에 소모 당하다가 안타깝게도 작업을 중단하는 경우가 많다.

영감의 글쓰기란?

창작의 기쁨을 누리면서 글을 쓸 수 있는 기본 훈련 과정이다. 글을 쓸때 느끼는 기쁨은 두 가지가 있다. 하나는 아마추어로서 제 맘대로 쓰면서 느끼는 기쁨이고, 다른 하나는 프로로서 고통스럽더라도 단련하면서 느끼는 기쁨이다. 후자를 즐길 생각이 없다면 전자로 남는 편이 낫다. 이 책을 읽는 독자라면, 사유에 대한 단련의 고통과 기쁨을 동시에 누릴 줄 아는 글쓰기의 프로로서 첫발을 내디딘 것이다.

참고 문헌

가즈오 이시구로, 김남주 역, 『나를 보내지 마』, 민음사, 2009

구라치 준, 김윤수 역, 『두부 모서리에 머리를 부딪혀 죽은 사건』, 작가정신, 2019

권비영, 『덕혜옹주』 다산책방, 2020

권정현, 「수(繡)」 『신춘문예 당선소설작품집(2002)』, 프레스21, 2002

귀스타브 플로베르, 김화영 역, 『마담 보바리』, 민음사, 2000

김경욱, 「나비를 위한 알리바이」 『2005 이상문학상 수상작품집』, 문학사상사, 2005

김경욱, 「위험한 독서」 『위험한 독서』, 문학동네, 2008

김다은, 『금지된 정원』, 은행나무, 2015

김다은, 『바르샤바의 열한 번째 의자』, 작가, 2016

김다은, 『손의 왕관』, 은행나무, 2020

김다은, 「위험한 상상」 『위험한 상상』, 이룸, 2000

김다은, 「쥐식인」 『쥐식인 블루스』, 작가, 2012

김미월, 「정월에 길을 묻다」 『신춘문예당선소설집(2004)』, 한국소설가협회, 2004

김별아, 『미실』, 문이당, 2005

김서연, 「블랙 스팟」 『신춘문예당선소설집((2017)』, 한국소설가협회, 2017

김선희, 「열린 문」, 『신춘문예당선소설집((2017)』, 한국소설가협회, 2017

김승옥, 「염소는 힘이 세다」 『무진기행』, 문학동네, 2004

김애란, 「달려라, 아비」, 『달려라, 아비』, 창작과비평사, 2019

김애란, 「서른」 『비행운』, 문학과지성사, 2012

김영하, 「바람이 분다」 『엘리베이터에 낀 그 남자는 어떻게 되었나』, 문학과지성사, 1999

김영하, 「사진관 살인사건」, 『엘리베이터에 낀 그 남자는 어떻게 되었나』, 문학동네, 2010

김영하, 「오빠가 돌아왔다」 『오빠가 돌아왔다』, 창작과비평사, 2004

김영하, 「호출」 『호출』, 문학동네, 2010

김채린, 「모호함에 대하여」 『신춘문예 당선작품집(2004)』, 한국소설가협회, 2004

김형경, 「담배 피우는 여자」 『담배 피우는 여자』, 문학과지성사, 1995

김형경, 『새들은 제 이름을 부르며 운다』, 민예당, 1993

김훈, 『칼의 노래』, 생각의나무, 2003

나쓰메 소세키, 김난주 역, 『나는 고양이로소이다』, 열린책들, 2009

니콜라이 고골, 김성호 역, 「코」 『외투』, 청아, 1995

대한기독교서회, 『큰글씨 성경전서』, 대한기독교서회, 2018

레이먼드 카버, 손성경 역, 「뚱보」 『제발 조용히 좀 해요』, 문학동네, 2004

레프 니콜라예비치 톨스토이, 박기찬 역, 『젊은 베르테르의 슬픔』, 민음사, 1999

레프 니콜라예비치 톨스토이, 박형규 역, 『안나 카레니나』, 문학동네, 2009

로랑 비네, 이선화 역, 『언어의 7번째 기능』, 영림카디널, 2018

류진, 「칼」 『신춘문예 당선작품집(2007)』, 한국소설가협회, 2007

마루야마 겐지, 김춘미 역, 『물의 가족』, 사과나무, 2012

무라카미 하루키, 권남희 역, 「로마제국의 붕괴·1881년의 인디언 봉기·히틀러의 폴란드
침입·그리고 강풍세계」 『빵가게 재습격』, 문학동네, 2014

미겔 데 세르반테스, 『돈키호테』, 페이퍼문, 2016

미셸 푸코, 이규현 역, 『광기의 역사』, 나남, 2003

박민규, 「아침의 문」 『2010 이상문학상 작품집』, 문학사상, 2010

박성원, 「중심성맥락망막염」 『나를 훔쳐라』, 문학과지성사, 2000

박완서, 「그리움을 위하여」 『황순원문학상 수상작품집(2001)』, 중앙m&b, 2001

박완서, 『그 많던 싱아는 누가 다 먹었을까』, 웅진지식하우스, 2002

박현욱, 『아내가 결혼했다』, 문이당, 2006

베르나르 베르베르, 이세욱 역, 『상대적이며 절대적인 지식의 백과사전』, 열린책들, 2009

보후밀 흐라발, 이창실 역, 『너무 시끄러운 고독』, 문학동네, 2016

샤를 보들레르, 『악의 꽃』, 황현산 옮김, 민음사, 2016

샤를 페로, 김주열 역, 『푸른 수염』, 샘터, 2008

소피 자베, 이세진 역, 『알리스와 소시지』, 노블마인, 2006

송은상, 「환지통(還紙痛)」 『신춘문예 당선소설작품집(2000)』, 프레스21, 2000

스콧 피츠제럴드, 박찬원 역, 『벤자민 버튼의 시간은 거꾸로 간다』, 펭귄클래식코리아, 2009

스펜스 존슨, 이영진 역, 『누가 내 치즈를 옮겼을까』, 진명출판사, 2015

신경숙, 「풍금이 있던 자리」 『풍금이 있던 자리』, 문학과지성사, 1993

신중선, 『네가 누구인지 말해』, 문이당, 2015

아멜리 노통브, 전미연 역, 『두려움과 떨림』, 열린책들, 2014

아흐메 알탄, 이난아 역, 『위험한 동화』, 좋은날, 1998

양귀자, 『나는 소망한다 내게 금지된 것을』, 쓰다, 2019

양정규, 「화분」 『신춘문예 당선소설집(2017)』, 한국소설가협회, 2017

오기와라 히로시, 양억관 역, 『네 번째 빙하기』, 좋은생각, 2009

오스카 브르니피에, 양진희 외 역, 『철학하는 어린이』 총서, 상수리, 2012

오에 겐자부로, 정철현 역, 『죽은 자의 사치』, 보람, 1994

오현종, 『달고 차가운』 민음사, 2017

외젠느 이오네스코, 「무소」 『세계단편문학전집(18)』, 신한출판사, 1979

움베르토 에코, 이윤기 역, 『장미의 이름』, 열린책들, 2009

윤대녕, 「남쪽 계단을 보라」, 『남쪽 계단을 보라』, 세계사, 2003

이기호, 「버니」 『최순덕 성령충만기』, 문학과지성사, 2004

이문열, 「우리들의 일그러진 영웅」 『1987 이상문학상 작품집』, 문학사상사, 1999

이문열, 「타오르는 추억」 『이문열중단편집(하)』, 열린책들, 1998

이상, 『날개』, 일신서적출판사, 1997

이상희, 「래빗 쇼」 『신춘문예 당선소설집(2017)』, 한국소설가협회, 2017

이지민, 『모던 보이』, 문학동네, 2008

이청준, 『낮은 데로 임하소서』, 문학과지성사, 2013

전경린, 『황진이』, 이룸, 2004

정이현, 『달콤한 나의 도시』, 문학과지성사, 2006

조경란, 「불란서 안경원」『불란서 안경원』, 문학동네, 1997

조나단 스위프트, 이종인 역, 『걸리버 여행기』, 현대지성, 2019

조남주, 『82년생 김지영』, 민음사, 2016

주제 사라마구, 정영목 역, 『눈먼 자들의 도시』, 해냄출판사, 1998

진보경, 「호모 리터니즈」『게스트하우스』, 실천문학사, 2015

최영희, 「연소증후군」『신춘문예 당선소설집(2017)』, 한국소설가협회, 2017

최인석, 「구렁이들의 집: 말더듬증에 관하여」『구렁이들의 집』, 창작과비평사, 2001

최인호, 『황진이』, 문학동네, 2002

파트리크 쥐스킨트, 유혜자 역, 『좀머 씨 이야기』, 열린책들, 1999

편혜영, 「저수지」『현대문학』(2월호), 현대문학, 2005

프란츠 카프카, 이주동 역, 「변신」『변신』, 솔, 2017

하성란, 「무심결」『웨하스』, 문학동네, 2006

하성란, 「자전소설」『웨하스』, 문학동네, 2006

하성란, 『푸른 수염의 첫 번째 아내』, 창작과비평사, 2014

한강, 『소년이 온다』, 창작과비평사, 2020

한강, 「채식주의자」『채식주의자』, 창작과비평사, 2007

호메로스, 김은애 역, 『오디세이아』, 문학과지성사, 2017

호메로스, 천병희 역, 『일리아스』, 숲, 2015

황정은, 「문」『일곱시 삼십이분 코끼리열차』, 문학동네, 2008

Henri Meschonnic, 『Pour la poétique I』, Gallimard, 1970

영감의 글쓰기

초판 1쇄 인쇄 2021년 1월 21일
초판 1쇄 발행 2021년 1월 26일

지은이 | 김다은
사   진 | 신서원
펴낸이 | 이재유
펴낸곳 | 무블출판사
편   집 | 김아롬
디자인 | 이상량

주   소 | 서울시 강남구 영동대로131길 20, 2층 223호(우 06072)
전   화 | 02-514-0301
팩   스 | 02-6499-8301
이메일 | 0301@hanmail.net
등록번호 제2020-000047호

ISBN 979-11-971489-6-5